AUF DER FLUCHT

EINE ROMANZE ÜBER EIN HEIMLICHES BABY

JESSICA FOX

INHALT

Veröffentlicht in Deutschland:

Von: Jessica F.

© Copyright 2021

ISBN: 978-1-64808-925-1

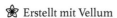 Erstellt mit Vellum

Mord. Lügen. Betrug. Nur ein weiterer Tag im Leben von Milliardären und Frauen auf der Flucht.

Mercedes Gravage hatte nicht beabsichtigt, anwesend zu sein, als ein Mädchen auf einer Party eine Überdosis nahm, und sie hatte sicherlich nicht erwartet, dass sie diejenige sein würde, die dafür den Kopf hinhält.

Aber hier ist sie, auf der Flucht und auf der Suche nach einem Ort, an dem sie bleiben kann. Sie braucht eine neue Identität, und sie hat eine als Kindermädchen gefunden.

Kane Stockwell kämpft mit dem Leben. Er kämpft mit seiner Ex-Frau, die mit seinem Geschäftspartner durchgebrannt ist, und er kämpft, um seine Firma davon abzuhalten, den Betrugsbeschuldigungen zu erliegen. Er weiß, dass er sich bald etwas überlegen muss, ansonsten werden die Dinge noch schlimmer.

Er ahnt nicht, dass das Mädchen, das er eingestellt hat, damit sie sich um seinen Sohn kümmert, kurz davor ist, sein Leben zu verändern—auf mehr Arten, als er es sich je erträumt hat. Sie ist bezaubernd, völlig faszinierend. Aber es gibt viel, das Kane nicht über Mercedes weiß—einschließlich der Tatsache, dass sie Jungfrau ist.

Als das Leben um sie herum zerbricht und ihr Glück bedroht wird, kann Kane alles zusammenhalten oder haben die Behörden Mercedes endlich eingeholt?

∾

Kane Stockwell

Ich bin Milliardär. Ich bitte um nichts im Leben. Wenn ich es will, kriege ich es.

Die meisten Frauen betteln um meine Aufmerksamkeit, und ich beachte sie nicht einmal. Natürlich wäre das Leben einfacher, wenn ich nicht mit meiner Ex-Frau und meinem Ex-Geschäftspartner im Clinch läge, den beiden Menschen auf der Welt, denen ich am meisten vertraut habe und die mir in den Rücken gefallen sind.

Ich muss mich jetzt um meinen Sohn kümmern. Ich muss mich auf das Imperium konzentrieren, dass ich eines Tages für ihn baue.

Dann treffe ich dieses Mädchen.

Sie sagt mir, ihr Name ist Emily und dass sie es liebt, mit Kindern zu arbeiten. Sie ist perfekt für meinen Sohn, aber was macht sie mit mir?

Seit dem Tag ihrer Einstellung spukt sie mir im Kopf herum. Ich kann ihren Körper nicht davon abhalten, über meine Gedanken zu herrschen. Ich muss sie haben. Ich muss ihr zeigen, wie es ist, einen richtigen Mann im Bett zu haben.

Es ist Monate—sogar Jahre—her, dass ich eine Frau so sehr begehrt habe.

Ich werde sie haben.

Ich habe sie im Visier, es ist nur eine Frage der Zeit.

~

Mercedes Gravage

Ich bin das Mädchen, das alles hat. Gute Noten, Vollstipendium, gutes Aussehen, Charme.

Ich weiß, dass ich etwas bekommen kann, wenn ich es genug möchte. Wurde mir irgendetwas davon gereicht? Natürlich nicht. Ich habe mir meinen Weg nach oben erkämpft, und ich beabsichtige, hierzubleiben.

Bis ich eines Verbrechens beschuldigt werde, welches ich nicht begangen habe.

Zur Flucht gezwungen weiß ich, dass ich werde herausfinden müssen, wie das passiert ist, und zwar bald. Ich kann nicht den Rest meines Lebens im Gefängnis verbringen. Ich muss untertauchen.

Aber dann treffe ich Kane Stockwell.

Er ist der Mann meiner Träume. Natürlich wusste ich das nicht, bevor ich ihn traf, aber er ist alles, was ich je wollte. Und ich weiß, dass er mich ebenfalls will. Ich werde für ihn arbeiten, ich werde mich um seinen Sohn kümmern, aber ich werde ihn jedes Mal wollen, wenn ich ihn sehe.

Er darf nicht die Wahrheit über mich erfahren. Er darf nicht mein Geheimnis entdecken. Wenn er das tut, wird er mich ausliefern.

Ich muss den Ball flach halten.

Aber wie lange kann ich so weitermachen?

KAPITEL 1

„Und wie befinden die Geschworenen Miss Gravage?"

Mein Herz rast, während ich von einem Gesicht zum anderen blicke, wobei ich bemerke, dass keiner der Männer oder Frauen unter den Geschworenen meinen Blick erwidert. Im Gerichtssaal herrscht für einen kurzen Moment Stille, dann steht einer der Männer in der Ecke auf, räuspert sich und sieht mich mit einem steinharten Blick an.

„Euer Ehren, die Geschworenen befinden Miss Gravage des vorsätzlichen Mordes schuldig, und wir befürworten, dass sie im vollen Ausmaß des Gesetzes bestraft wird."

Mein Puls beschleunigt sich noch mehr, und ich wende meinen Blick wieder dem Richter zu. Er sitzt für einen Moment still da, dann schlägt er mit dem Hammer auf seinen Tisch und setzt die Strafe fest. „Miss Gravage, Sie wurden des Mordes an Miss Amanda Hamilton schuldig befunden und werden eine lebenslange Haftstrafe hinter Gittern verbüßen—ohne Bewährung. Abgewiesen!"

Er schlägt erneut auf den Tisch, und ein Polizist tritt vor. Ich schreie und weine, beteure meine Unschuld, aber niemand hört mir zu. Man zerrt mich in meinem orangenen Overall und Handschellen aus dem Gerichtssaal, dann werde ich auf die Rückbank eines Polizeiautos gedrückt. Überall sind Reporter, von denen mir jeder ein Mikrofon ins Gesicht schiebt.

Bevor ich mich versehe, werde ich in eine kalte, dunkle Gefängniszelle befördert. Da ist eine metallene Pritsche ohne Decke oder Kissen, eine Toilette in der Ecke, und das ganze Ding ist aus trostlosem grauen Beton gemacht. Die Gittertür knallt hinter mir ins Schloss, und ich falle auf die Knie und schreie, als sich die Stiefelgeräusche der Wache in die Dunkelheit zurückziehen.

Ich schnelle in meinem Bett hoch, schreiend und in den Laken zappelnd. Meine Brust hebt sich schwer, und ich blicke in dem billigen Hotelzimmer umher, während das Bewusstsein in Wellen zu mir zurückkehrt. Langsam erinnere ich mich daran, wo ich bin. Ich bin nicht vor Gericht. Ich bin nicht im Gefängnis. Während meiner Teenagerzeit habe ich beides gesehen, aber nie wegen etwas so Ernstem wie Mord.

Warum denke ich, dass ich ins Gefängnis wandere?

Oh, ja. Amanda Hamilton.

Amanda Hamilton war ein Mädchen, das ich nur für ein paar Tage gekannt hatte, bevor mein ganzes Leben den Bach runterging. Sie war Mitglied einer rivalisierten Studentinnenverbindung und einer dieser Menschen, der der Meinung war, die Welt schulde ihr etwas. Dass ich ihr etwas schuldete. Ich musste zugeben, dass sie ein wunderschönes Mädchen war, aber nicht schöner als ich oder unzählige andere Frauen.

Nachdem ich Jordan Stone ins Visier genommen hatte, würde ich sie ihn also nicht einfach anbaggern lassen, ohne mich zur Wehr zu setzen.

Warum sollte sie einen Jungen zuerst bekommen, nur weil sie in der Schule Vorrang vor mir hatte? Es war offensichtlich, dass er mich für attraktiv hielt, und wir haben uns sofort gut verstanden. Als er mich zu mehreren Partys auf dem Campus eingeladen hatte, wusste ich, dass er auch etwas zwischen uns spürte. Ich hatte sogar mit dem Gedanken gespielt, dass er der Mann sein könnte, an den ich meine Jungfräulichkeit verlor. Er hätte vielleicht der Mann sein können, den ich eines Tages heiraten würde. Kurz gesagt, ich war bis über beide Ohren in ihn verknallt.

Aber Amanda war das ebenfalls.

Ich war so dämlich, ich hatte gedacht, dass wenn sie mich zu einer Party bei ihrer Studentinnenverbindung einlud, es daran lag, dass sie mich kennenlernen wollte. Sie und ihre Freunde waren alle aus dem gleichen Holz geschnitzt, und noch schlimmer, keine von ihnen war sonderlich clever. Als es sich herumsprach, dass sie eine Überdosis von irgendeiner Droge genommen hatte, von der sie es geschafft hatte, sie in die Finger zu kriegen, kann ich nicht sagen, dass ich überrascht war.

Was mich allerdings überraschte, war das Gerücht, welches sich am nächsten Tag auf dem Campus verbreitete, nämlich dass ich etwas mit ihrer Überdosis zu tun hatte. Klar, ich hatte keine positiven Gefühle für das Mädchen, und sie war auch nicht gerade ein Fan von mir, aber ich war kein Mörder und könnte es auch nie sein. Ich wollte nie jemanden tot sehen, nicht einmal meinen schlimmsten Feind.

Aber ich habe schnell gelernt, dass sich Gerüchte auf dem College genauso schnell verbreiten wie auf der High-School, und als sich die gemeine Geschichte etabliert hatte, war ich erledigt. Ich wusste, dass die Polizei die Überdosis aktuell als Unfall ansah, aber ich wollte nicht in der Nähe sein, wenn sie es sich anders überlegten. Ich hatte keine Zweifel, dass sie von dem Klatsch Wind bekommen würden, dass ich etwas damit zu tun hatte, und sobald das passierte, steckte ich tief drin.

Ich habe bereits eine Vorgeschichte. Und diese Vorgeschichte beinhaltet Drogen und Inhaftierung in meiner Vergangenheit. Es war nur eine Dummheit auf der Highschool, weil ich zu den Coolen gehören wollte, aber sie hätte mich fast mein Stipendium für die Universität von Kalifornien in San Diego gekostet. Ich habe meine Lektion gelernt und den Drogen für immer entsagt. Ich würde das Zeug nie wieder anrühren, aber hier sind sie und ruinieren mein Leben erneut.

Mit einem Seufzen werfe ich die Laken von meinem Körper und schwinge die Beine über die Bettkante auf den Boden. Jetzt denke ich klarer darüber nach, was passiert ist und was ich tun werde. Sprich, was ich tue. Ich bin auf der Flucht. Ich hatte nicht vor, herumzuhängen und den Kopf für den Fehler dieses geistigen Tiefffliegers hinzuhalten, das steht verdammt nochmal fest. Ich weiß nicht, wo ich hingehe oder was ich tun werde, wenn ich dort ankomme, aber ich weiß, dass ich nicht in Kalifornien bleiben kann.

Ich nehme meine Handtasche und hole meinen Geldbeutel hervor, um durch das wenige Geld zu sehen, das ich noch übrig habe. Ich war in den ersten verfügbaren Flug aus dem Bundesstaat heraus gestiegen, und jetzt, ein paar Tage später, sitze ich im billigsten Hotel Chicagos. Es ist eine Stadt, in der ich schon zuvor war, aber ich erinnere mich nicht daran, dass sie so langweilig war.

Auf dem Bett sitzend kontrolliere ich mein Handy. Ich scrolle durch eine Vielzahl von Nachrichten meiner Freunde, die sich fragen, wo ich bin, aber selbstverständlich sehe ich nichts von meinen Eltern. Bestimmt würden sie mittlerweile wissen, dass ihre Tochter angeblich vermisst wird, aber keiner von beiden kümmert sich genug, um sich bei mir zu melden.

Ich werde sowieso auf keine der Nachrichten antworten. Es ist nur eine Frage der Zeit, bis ich dieses Handy loswerde. Was ich brauche, ist ein Weg, um Geld zu verdienen, und zwar schnell. Ich weiß nicht, ob ich in Chicago bleiben werde, aber dem Zustand meines Geldbeutels nach zu urteilen, wird das für eine Weile mein Zuhause sein. Auf meinem Handy öffne ich eine Webseite mit Stellenausschreibungen und sehe mir die Anzeigen an, auf der Suche nach irgendetwas, das einfach und so inoffiziell wie möglich aussieht. Ich möchte nicht durch einen langwierigen Bewerbungsprozess gehen. Kann ich nicht.

Das Letzte, was ich will, ist, mehr Aufmerksamkeit als nötig auf mich zu ziehen. Wenn ich das tue, bin ich dran.

Eine Ausschreibung fällt mir ins Auge:

AUF DER SUCHE NACH KINDERMÄDCHEN, so schnell wie möglich
Leider bin ich erneut auf der Suche nach einem Kindermädchen für

meinen jungen Sohn. Er ist ein munterer Junge, der jemanden braucht, der ihn versteht. Sie muss bei uns wohnen, um sich rund um die Uhr um ihn zu kümmern, da mich meine Arbeit außer Haus hält. Ich brauche jemanden, der seinen Bedürfnissen gerecht wird.

Ich habe versucht, Agenturen zu konsultieren, aber deren Kindermädchen scheinen völlig unfähig zu sein, ihren Job zu erledigen. Ich brauche jemanden, der fähig ist. Bitte antworten Sie mit einer E-Mail über sich. Legen Sie Ihren Namen, Ihre Telefonnummer und Erfahrung bei, und ich werde mich bei Ihnen melden, wenn ich denke, dass Sie geeignet sind.

Seien Sie sorgfältig und folgen Sie den Anweisungen. Jeder Bewerber, der dies nicht ist, wird abgelehnt. Danke.

Kane Stockwell

ICH STARRE die Anzeige mit rasendem Herzen an. Sie ist erst ein paar Stunden alt, und absolut perfekt für mich. Ich schicke ihm schnell eine E-Mail, wobei ich sorgfältig darauf achte, mich mit den bestmöglichen Worten zu beschreiben und seinen Anweisungen zu folgen. Das Einzige, was ich ändere, ist mein Name. Ich mag vielleicht Mercedes Gravage sein, aber wenn er die Nachrichten sieht, dann wird es nicht lange dauern, bis er weiß, wer das ist.

Mein neuer Name ist Emily Rhodes. Er ist sowohl gewöhnlich genug als auch einzigartig. Er sollte ihn nicht hinterfragen. Ich habe nicht viel Erfahrung mit Kindern, aber es sind Kinder. Wie schwer kann das sein? Jeder hat Kinder. Und wenn jeder das tun kann, dann kann das jeder *Beliebige* tun—und ich bin beliebig.

Ich lege mein Handy zur Seite und bin überrascht, als ich fast sofort eine Nachricht bekomme. Sie ist von einer Nummer, die ich nicht kenne, aber der Absender gibt sich sofort als Kane zu erkennen.

HALLO, und vielen Dank für Ihre Bewerbung. Ich würde gerne so schnell wie möglich ein Bewerbungsgespräch mit Ihnen führen. Können Sie heute vorbeikommen?

.   .   .

MEIN HERZ RAST, während ich die Nachricht anstarre. Das ist zu
schön, um wahr zu sein. Ich lächle vor mich hin, während ich ihm
schnell eine Antwort schicke:

DANKE FÜR IHRE RÜCKMELDUNG. *Ich würde Sie gerne kennenlernen—*
sagen Sie nur wann und wo.

ICH DRÜCKE ‚SENDEN' und lege mich mit einem Lächeln auf das Bett
zurück. Das ist zu perfekt.
     Das ist die Lösung für meine Probleme.

2

KAPITEL 2

„**M**r. Stockwell, ich nehme an, wenn Sie an Ihrem Handy sind, dann muss es etwas verdammt Wichtiges sein. Wenn Sie es nicht mit dem Rest der Gruppe teilen wollen, halte ich es für besser, wenn Sie es bis zum Ende des Meetings beiseitelegen." Mr. Trist schlägt mit der Faust auf den Tisch, lehnt sich nach vorne und fixiert mich mit seinem wütenden Kein-Blödsinn-Blick.

Genervt lege ich mein Handy auf den Tisch und verschränke die Finger vor mir, die Ellbogen auf dem Tisch. „Verzeihung, Gentleman, aber ich habe einen jungen Sohn zuhause, und um den muss sich gekümmert werden. Mein letztes Kindermädchen hat mich in letzter Sekunde sitzen lassen, und ich habe Mühe damit, ein anderes zu finden."

„Das ist ja schön und gut, aber wir versuchen hier, eine Firma zu führen. Wenn Sie das Geld wollen, um dieses Kindermädchen zu bezahlen, müssen Sie hier präsent sein, und ich meine damit nicht nur, diesen Stuhl auszufüllen. Geben Sie uns einen kurzen Überblick darüber, was Sie für das nächste Quartal sehen", fährt Mr. Trist fort.

Ich stehe von meinem Stuhl auf, meine Gereiztheit verbergend. Ich hasse diese Meetings, und ich hasse es, mit meinen Investoren umzugehen. Ich weiß, dass es keine gute Idee ist, diejenigen zu hassen, die Geschäfte finanzieren, aber ich verachte die Art, wie sie so tun, als wäre das ihre Firma, ihre Idee. Ich habe *Star Enterprises* angefangen, und ich bin der alleinige Besitzer.

Ihre Aktien bedeuten nichts außer der Tatsache, dass sie daraus Profit erzielen. Erleichtert darüber, dass ich so schnell einen neuen Babysitter beschafft habe, gehe ich zu der Grafik an der Wand und beginne, den Männern am Tisch Zahlen aufzuzeigen. Während ich die Präsentation halte, sehe ich mein Handy blinken.

Entweder habe ich eine weitere Nachricht empfangen oder einen Anruf verpasst, und ich habe momentan keine Zeit ranzugehen. Ich kann den Ärger in meinen Kopf kriechen fühlen, aber ein Wort darüber zu den Aktionären, und ich könnte mich genauso gut auch den Wölfen zum Fraß vorwerfen. Ich habe bereits genug rechtliche Probleme, und ich möchte bei ihnen keinen Verdacht säen, dass mit der Firma irgendetwas falsch läuft.

Zu guter Letzt beende ich die Präsentation und bereite dem Meeting ein Ende.

„Wie immer freue ich mich darauf, Sie alle wiederzusehen", lüge ich, während sie sich auf den Weg zur Tür machen. Ich schüttle jedem der sechs Männer herzlich die Hand, mir deutlich der Tatsache bewusst, dass mir jeder Einzelne von ihnen lieber ein Messer in den Rücken ramme würde, als bei diesem Meeting zu sein. Als der Letzte von ihnen endlich gegangen ist, eile ich herüber und greife mein Handy.

Ich hoffe, dass es das neue Kindermädchen ist, das bestätigt, dass es heute Nachmittag zu mir kommen kann.

Ist es nicht.

Es ist ein verpasster Anruf von Cheryl, meiner Ex-Frau. Zorn baut sich in meiner Brust auf, während ich das Handy an mein Ohr hebe, und ich zucke zusammen, als ich ihre Stimme höre.

„Kane, wie nett von dir, dass du all meinen Anrufen aus dem Weg gehst, nach allem, was ich für dich getan habe! Ich habe deinen Mist so langsam satt! Du bringst das besser wieder in Ordnung oder es wird ein dickes Ende geben. Natürlich weißt du, wie man all das verschwinden lässt! Blake und ich wären brennend daran interessiert zu hören, wie du ein paar dieser großen Handel abgezogen hast, die du zu jener Zeit geschafft hast. Möchtest du es mit uns teilen? Ha!" Die automatische Stimme signalisierte das Ende meiner Nachrichten und ich knallte mein Handy beinahe zurück auf den Tisch. Ich war es leid, mich mit dieser Frau auseinanderzusetzen, und ich wollte sie für immer aus meinem Leben heraushaben.

Als sie und ich uns zum ersten Mal trafen, war es ein Feuerwerk gewesen. Ich dachte, sie wäre die perfekteste Frau auf dem Planeten, und ich wollte den Rest meines Lebens mit ihr verbringen. Sie war nicht vom ersten Tag an da gewesen wie Blake Harper, mein Geschäftspartner, aber ich wollte sie an jedem darauffolgenden Tag dabeihaben.

Was für ein Idiot ich für sie gewesen war.

Damals im College hatte ich es geschafft, ein paar große Aktienhandel an Land zu ziehen. Ich hatte einen Weg gefunden, um den normalen Algorithmus zu umgehen und mit den Deals Milliarden gemacht. Es war Blakes Idee gewesen, die Firma zu gründen, um denen zu helfen, die das Gleiche tun wollten.

Natürlich hatte ich nie meine wirklichen Geheimnisse mit der Öffentlichkeit geteilt, weshalb ich mich momentan gewissen rechtlichen Problemen gegenübersah. Wir hatten versprochen, dass jeder in der Welt Millionen machen könnte, und das passierte einfach nicht. Und die Kunden bemerkten es.

Um dem Ganzen die Krone aufzusetzen, gerade als sich die Anklagen zu häufen begannen, hatte ich Blake mit meiner Frau im Bett erwischt. Die zwei kamen am Ende zusammen, Cheryl ließ mich und jeden Teil des Lebens, das wir zusammen aufgebaut hatten, hinter sich, einschließlich unseres Sohnes.

Mein Junge war am Boden zerstört gewesen, als sie ging, aber es hatte mich noch mehr zerschmettert. Nicht nur habe ich meine Frau und die Mutter meines Kindes verloren, sondern auch meinen Geschäftspartner.

Bis vor kurzem hatte sie kein Interesse daran gehabt, den kleinen Troy zu sehen. Ich hatte ihm Versprechen über Versprechen gegeben,

dass er sie bald sehen würde, aber sie war nie aufgetaucht. Letztendlich entschied ich, dass das Maß voll war und habe das alleinige
Sorgerecht für ihn bekommen—zumindest für den Moment. Aber
vor ein paar Monaten hatte Cheryl begonnen, wieder aufzukreuzen.
Meine Vermutung ist, dass ihr das Geld ausgegangen ist und sie mehr
will.

Aber das wird nicht passieren. Ich werde nicht irgendeiner
Schlampe, die ihre Familie verlassen hat, finanzielle Unterstützung
bieten. Wenn sie Geld will, kann sie sich einen Job besorgen. Oder sie
kann Blake einen vorheulen. Vor einem Jahr schien er ihr Ritter in
goldener Rüstung gewesen zu sein, also was zur Hölle tut er jetzt?

Ich seufze und setze mich auf meinen Stuhl, noch aufgewühlter
als während des Meetings. Ich zünde eine Zigarette an und schiebe
sie mir zwischen die Lippen, um einen langen Zug zu nehmen, bevor
ich langsam ausatme.

„Oh, Sir, Sie sind es. Ich wollte gerade wer-auch-immer-hier-drin-
ist sagen, dass Sie Rauchen im Gebäude nicht mögen, aber ich
empfehle mich." Missy Jarvis, meine Sekretärin, beginnt, ihren Kopf
wieder aus der Tür des Konferenzraumes zu ziehen, aber ich halte
sie auf.

„Kommen Sie für eine Sekunde herein, Missy", bitte ich. Als sie
näher zu mir kommt, sehe ich sie beim Geruch der Zigarette leicht
das Gesicht verziehen.

„Ja, Sir?", fragt sie kleinlaut. Sie mag vielleicht erwarten, dass
noch mehr Arbeit über ihr abgeladen wird, aber ich möchte mich
jetzt ebenfalls nicht mit noch etwas beschäftigen. Ich habe heute
noch andere Dinge vor.

„Ich werde heute früher gehen, und ich möchte, dass Sie dafür
sorgen, dass die Jungs in der Etage die Liste durchgehen, die ich
heute Morgen ausgegeben habe. Sie haben sie alle in ihren E-Mails,
also stellen Sie sicher, dass die sie auch wirklich durchgehen. Jeder
Scheißkerl, der behauptet, er hätte sie nicht bekommen, darf länger
bleiben, bis es erledigt ist. Verstanden?", sage ich. Sie lächelt und
nickt, dann blickt sie hinab auf die Akten in ihren Händen.

„Hatten Sie Glück dabei, ein Kindermädchen für Troy zu

finden?", fragt sie. Äußerlich scheint es aufrichtig zu sein, aber ich weiß, dass mehr dahintersteckt als eine freundliche Nachfrage. Ich weiß, dass sie mit mir schlafen will. Es steht ihr seit dem Tag ins Gesicht geschrieben, an dem ich sie eingestellt habe. In letzter Zeit hat sie besonderes Interesse an meinem Sohn bekundet, und ich bekomme den Eindruck, dass es daran liegt, dass sie versucht, sich bei mir beliebt zu machen.

„Tatsache ist, dass ich deshalb früher gehe. In einer Stunde kommt jemand zu mir nach Hause, also muss ich los", erwidere ich. Nach einem weiteren Zug an der Zigarette drücke ich sie auf dem Tisch aus. Ich werfe sie in den Müll und nicke über meine Schulter. „Seien Sie doch bitte so lieb und wischen Sie das für mich weg."

„Ja, Sir", antwortet sie und tritt nach vorne, um es in ihre Handfläche zu wischen. Ich mache mir nicht die Mühe, ihr zu sagen, dass ihre Hände für den Rest des Tages nach Zigaretten stinken werden. Vielleicht ist es das, was sie will. Vielleicht erinnert es sie an mich. Ich gehe aus dem Raum und vermeide den Augenkontakt mit den anderen Angestellten, während ich durch den Flur stolziere und in den Aufzug steige.

Ich muss zurück zu meinem Haus. Ohne ein Kindermädchen, das in den letzten Tagen nach allem gesehen hat, muss ich ein paar Dinge in Ordnung bringen, bevor dieses neue Mädchen ankommt.

Und ich brauche Zeit, um Troy von der Tagespflege abzuholen.

KAPITEL 3

.

Ich öffne die Augen, der Klang meines Weckers auf dem Nachttisch neben mir weckt mich auf. Es ist das erste Mal, dass ich seit meiner Flucht die Nacht durchgeschlafen habe, und ich fühle mich bemerkenswert erfrischt. Nach dem Abstellen des Klingelns gehe ich ins Badezimmer, froh darüber, ein wenig zusätzliche Zeit zu haben, bevor das Kind aufwachen würde.

Erneut bin ich erschrocken, als ich mein Spiegelbild sehe. Das lange braune Haar, das ich den Großteil meines Lebens getragen habe, wurde von einem kurzen, blonden Bob abgelöst. Alles, was dabei hilft, meine Identität zu verschleiern, würde mich mit Freuden tun. Ich habe es am Morgen meines Bewerbungsgesprächs machen lassen, sodass Mr. Stockwell keine Ahnung von meiner natürlichen Haarfarbe hat.

Ich kann nicht glauben, wie schnell er mir den Job gegeben hat. Er hat kaum Fragen gestellt und den Namen Emily akzeptiert, als wäre es mein richtiger Name. Andererseits dachte er das natürlich auch. Warum auch nicht?

Nachdem ich ein wenig Make-Up aufgetragen und mein Haar zurückgebunden habe, ziehe ich Jeans und ein T-Shirt an. Mr. Stockwell hat mich angewiesen, mich für meine Schichten bequem anzuziehen, da ich den Großteil meiner Zeit damit verbringen würde, Troy hinterherzulaufen und kleine Reinigungsarbeiten zu erledigen. Bisher, nach drei Tagen, sind die Dinge ziemlich gut gelaufen, aber ich weiß, dass ich bessere Arbeit leisten muss, was das Reden mit Kane angeht.

Kane Stockwell ist mit Abstand der umwerfendste Mann, den ich in meinem ganzen Leben gesehen habe. Er ist groß, attraktiv, muskulös und hat stechend blaue Augen. Ich habe ihn nur in seinem professionellen Arbeitsanzug gesehen, aber ich kann deutlich die Umrisse dessen sehen, was darunter liegt. Ich dachte, dass ich mich zu dem Jungen auf dem College hingezogen gefühlt hatte, aber jetzt sehe ich, wie ein richtiger Mann aussieht.

Ganz abgesehen davon, dass es offensichtlich ist, dass er seinen Sohn wirklich liebt. Alles im Haus dreht sich um dieses Kind. Mich stört es nicht. Mein Zimmer ist im Flur direkt dem seines Sohnes gegenüber, und es ist purer Luxus. Ich erinnere mich vage an eine Familienreise nach Vegas, als ich klein war, und diese Villa ist noch besser als das Fünfsternehotel, in dem wir damals waren.

Ich höre das Geräusch der sich öffnenden und schließenden Tür und weiß, dass Kane zur Arbeit gegangen ist. Auch wenn ich ihn gerne gesehen hätte, wie ich zugeben muss, bin ich dankbar dafür, meinen Morgen zu beginnen, ohne mich lächerlich zu machen. Ich weiß nicht, was ich sagen werde, wenn ich ihn das nächste Mal sehe, aber ich bin entschlossen, dass es etwas ist, das clever klingt. Jedes Mal, wenn ich versuche, mit ihm zu reden, fühle ich mich wie ein Idiot, und das ist peinlich.

„Miss Emily! Miss Emily, ich hab Hunger! Fütter mich!", hallt Troys Stimme im Flur wider, und ich ziehe schnell meine Kleidung zurecht.

„Wow, du bist früh wach. Ich dachte, du würdest ausschlafen, du kleines Äffchen", sage ich mit einem Lächeln, als ich in den Flur trete. „Ich mache dir in einem Moment Frühstück. Warum ziehst du nicht richtige Klamotten an?"

„Nein! Ich will jetzt essen! Ich verhungere!", feuert Troy zurück.

„Ich bin sicher, dass es nicht so schlimm ist. Ich besorge dir was zu essen, okay? Ich muss nur—", setze ich an, aber der Junge bricht in Tränen aus und sackt mitten im Flur zusammen.

„Ich verhungere! Fütter mich!", jammert er. Der Klang seines Schluchzens ist ohrenbetäubend, und ich muss einen tiefen Atemzug nehmen. Ich kann bereits verstehen, warum so viele Kindermädchen diesen Job aufgegeben haben. Wenn die Bezahlung nicht so gut wäre, würde ich mit Freuden Hotels gegen Schwarzgeld saubermachen, anstatt mich mit dem hier herumzuschlagen.

„Troy, so machen wir das nicht. Ich habe dir gesagt, dass ich dir Frühstück mache, aber ich möchte, dass du dich anziehst", erwidere ich mit der ruhigsten Stimme, die ich aufbringen kann. Ich möchte ihn direkt in sein Zimmer zurückschieben und ihm sagen, er solle mit seinem Wutanfall aufhören, aber ich weiß, dass mich das nirgends hinbringen wird. Er ist eindeutig daran gewöhnt, dass es nach seinem Kopf geht, und wenn das nicht passiert, beginnt er zu toben.

Der Junge hat keinerlei Disziplin in seinem Leben.

„Nein! Ich habe dir gesagt, du sollst mir Essen bringen, und ich meine damit jetzt!", schreit er erneut, wobei er seinen Bär auf mich wirft. Er trifft mein Gesicht, trotz meines Versuches, ihm auszuweichen, und ich schreie auf. Die kleine, harte Nase hat mich direkt im Auge erwischt. Ich spüre Wut in meiner Brust aufsteigen, und ich weiß, dass ich nicht die Fassung verlieren kann, aber ich beginne dieses Kind als kleines Balg anzusehen.

Er liegt schluchzend auf dem Boden, und ich bin kurz davor, ihn dafür zurechtzuweisen, mit Spielsachen zu werfen, als mich eine Stimme hinter mir erschreckt. „Was geht hier vor sich?"

Ich wirbele herum. Kane steht am oberen Fuß der Treppe, uns beide mit einem blanken Gesichtsausdruck anstarrend. Ich wünschte, in seinem Ausdruck läge etwas, das seine Gedanken darüber verrät, diese Szene mitangesehen zu haben, aber er offenbart nichts. Ich kann nicht sagen, ob er wütend, überrascht oder einfach an diese Art Verhalten gewöhnt ist. Zuerst sieht er seinen Sohn an, dann zurück zu mir, und es scheint, als würde Troy umso lauter werden, als er seinen Vater im Flur stehen sieht.

„Sie will mich nicht füttern, Daddy! Ich habe sie so nett gefragt, ob sie mir Frühstück macht, und sie hat mir gesagt, dass sie das nicht macht!", schluchzt Troy. Mein Zorn brodelt ein wenig heißer, aber Kane und ich haben wenigstens eine Sache gemeinsam—ich bin ebenfalls gut darin, meine Gefühle zu verbergen.

„Nichts geht vor sich, wir haben heute Morgen nur einen etwas holprigen Start", erwidere ich, Troy ignorierend.

„Sie macht mir *nie* was zu essen, wenn ich darum bitte! Ich werde so hungrig!", jammert Troy erneut. Er steht vom Boden auf und wirft sich theatralisch an die Wand. Ich höre ihn an seiner Tür zusammensacken und kämpfe gegen den Drang an, mit den Augen zu rollen. Ich habe in meinem Leben ein paar dramatische Kinder gesehen, aber nichts so Schlimmes.

Kane blickt seinen Sohn erneut an, dann zurück zu mir. Jetzt herrscht im Flur eine Stille, die fast ohrenbetäubend ist, und alles in mir schreit danach, die Situation zu erklären.

Aber nichts kommt mir in den Kopf. Ich kann diesem Vater nicht direkt vor seinem Kind erzählen, dass der Junge unverschämt ist. Troy ist fast sechs Jahre alt. Er ist alt genug, um die Wahrheit zu sagen, aber er ist ebenfalls alt genug, um eine Lüge zu erfinden. Ich bin nicht sicher, was sein Vater von alldem hält, und ich wünschte, er würde etwas sagen, das mich ins Bild setzt.

Kane nickt nur, dreht sich um und geht durch den Flur. Er läuft in Richtung seines Schlafzimmers, und ich bin nicht sicher, was er tut. Ich hüte mich, ihm zu folgen oder nachzufragen, also drehe ich mich um und werfe Troy einen Blick zu. Obwohl Troy sehr jung ist, könnte ich schwören, ein Grinsen auf seinem Gesicht zu sehen. Ich will nichts mehr, als ihn auf sein Bett zu setzen und ihm zu sagen, er hätte jetzt erstmal Sendepause, aber ich wage es nicht.

Wenn er so einen Anfall bekommt, nur weil er nicht direkt sein Frühstück bekommt, kann ich mir die Szene nicht einmal vorstellen, die er machen würde, wenn ich ihn berührte. Ich entscheide, dass es besser ist, ihm Frühstück zu machen und den ganzen Morgen einfach zu vergessen. Immerhin möchte ich es nicht so aussehen lassen, als könnte ich nicht mit einem Kind umgehen.

Ich höre das Geräusch von Kanes Schritten auf dem Holzboden, während ich Müsli in eine Schüssel kippe, und atme tief ein. Ich bin darauf vorbereitet, mir eine Belehrung von ihm anzuhören, dass so etwas nicht noch einmal vorkommen sollte. Ich bin sicher, dass er nicht glücklich darüber ist, zu so einem Wutanfall nach Hause zu kommen, oder sich fragen zu müssen, ob sein neues Kindermädchen überhaupt fähig ist, sich um seinen Sohn zu kümmern.

Aber er sagt nichts über den Vorfall. Als er durch die Küche geht, nickt er mir erneut ohne ein Lächeln zu. „Ich hoffe, du hast einen guten Tag."

„Sie auch!", rufe ich ihm hinterher, ein wenig enthusiastischer als beabsichtigt. Ich stehe mit geschlossenen Augen da, trete mir geistig dafür in den Arsch, so ungeschickt zu sein, und höre erneut das Geräusch der sich öffnenden und schließenden Tür.

Als sich der Junge an den Küchentisch setzt, stelle ich lieblos sein Essen vor ihn und sage nichts. Es ist mir egal, ob ich mich mit dem Kind anfreunde oder nicht. Ich bin nicht in der Stimmung, mich nach jemandem auszurichten, den zufriedenzustellen unmöglich ist.

Außerdem bin ich sein Kindermädchen, nicht seine Freundin. Wenn der Junge ein paar Lektionen lernen muss, dann bin ich diejenige, die sie ihm beibringen sollte.

Ich gehe zum Fenster neben der Hintertür und sehe nach draußen, wo Kanes Jaguar aus der Auffahrt und auf die Straße fährt, in Richtung Innenstadt. Ich seufze. Es ist mir so wichtig, einen guten Eindruck auf ihn zu machen, und heute Morgen hätte es nicht schlimmer laufen können. Irgendwie muss ich das in den Griff bekommen.

Ich muss ihm beweisen, dass ich es kann.

Mein Leben—oder zumindest meine Sicherheit—hängt davon ab.

KAPITEL 4

„Sieh mal, Cheryl, ich weiß, was du sagen willst, und ich weiß, dass du deswegen wütend bist, aber ich werde es mir nicht anders überlegen. Du bist diejenige, die *uns* sitzen gelassen hat. Ich habe dir nicht gesagt, dass du mit meinem besten Freund ins Bett gehen sollst, und ich habe dir auch nicht gesagt, dass du mit ihm abhauen sollst. Troy ist es mittlerweile egal, ob du da bist oder nicht. Du hast ihn zu oft verletzt, als dass er sich noch darum scheren würde, was du tust!" Ich wollte nicht so weit gehen, dass ich schrie, aber hier bin ich und brülle in mein Handy, während ich nach einem langen Tag im Büro in meinem Auto sitze.

„Dieses Kind wird glauben, welchen Mist auch immer du ihm erzählst, und ich werde das nicht dulden. Troy ist genauso sehr mein Sohn wie er deiner ist, und du wirst mich ihn sehen lassen, ansonsten wird es dir leidtun!", feuert Cheryl zurück.

„Was willst du tun, uns zu Tode ignorieren? Warum tust du der Welt nicht einen Gefallen und haust in diesen karibischen Bungalow ab, von dem du immer sprichst? Ich denke, wir könnten alle eine weitere deiner Anwandlungen gebrauchen, bei der du verduftest!", erwidere ich höhnisch.

„Das würde dir gefallen, oder nicht? Wenn all deine Probleme

einfach bequemerweise verschwinden? Stell dir vor, es ist nur eine
Frage der Zeit, bis ich dich vor Gericht sehe, und du wirst dich noch
fein umgucken. Ich habe genug meines Lebens damit verschwendet,
mich von dir umherschieben zu lassen, und ich werde dich das nicht
länger tun lassen! Verstehst du das? Es ist vorbei für dich!" Sie lässt
mir keine Chance zu antworten, und ich möchte mein Handy auf die
Rückbank werfen, als ich höre, wie die Verbindung unterbrochen
wird.

Ich schlage mit den Händen auf das Lenkrad. So wütend war ich
schon lange nicht mehr. Es ist schwer für uns, miteinander Kontakt
zu haben—es geht nie gut aus—und ich werde es langsam leid. Es
graut mir bereits davor, ans Telefon zu gehen, wenn ich ihren Namen
sehe, und es wird nur schlimmer.

Glücklicherweise ist Blake mittlerweile clever genug, Unterhaltungen mit mir zu vermeiden. Ich weiß nicht, was er zu sagen plant,
wenn er es tut, aber ich bin sicher, dass es kommt. Er war in der
Firma so mit mir auf Augenhöhe gewesen, dass ich sicher bin, dass er
früher oder später ankommen wird, besonders wenn Cheryl ihm im
Nacken sitzt.

Ich erinnere mich daran, wie es war, mit dieser Frau verheiratet
zu sein, und auch wenn ich zugeben muss, dass es zu Beginn erfri-
schend war, war es zum Ende hin doch mein schlimmster Albtraum.
Ich schüttle den Kopf und schlage erneut auf das Lenkrad, bevor ich
den Motor starte und vom Parkplatz fahre.

Als ich in meine Auffahrt lenke, blicke ich zu den Fenstern und
seufze. Ich möchte nicht dort hineingehen und Small Talk machen.
Ich möchte keine Fragen darüber beantworten, was ich zum Abendessen möchte, denn Tatsache ist, dass ich es überhaupt nicht weiß.
Aber ich weiß, dass ich nicht ewig in meinem Auto sitzen bleiben
kann, also winde ich mich hinter dem Lenkrad heraus und begebe
mich zum Haus.

Ich öffne die Tür, den unausweichlichen Klang von Geschrei und
all die Geschichten fürchtend, die mein Sohn über den Tag zu
erzählen hat. Ich weiß, dass die meisten davon übertrieben sind, aber
es muss zumindest ein klein wenig Wahrheit darin liegen, denke ich.

Ich möchte nicht, dass er unglücklich ist, und ich möchte wirklich nicht noch ein weiteres Kindermädchen verlieren. Damit kann ich jetzt nicht umgehen. Nicht zusammen mit allem anderen.

Als ich die Tür einen Spalt öffne, höre ich leise Musik, und neugierig drücke ich sie komplett auf. Ich trete ein und sehe sofort Emily, die Abendessen kocht. Sie blickt über ihre Schulter und lächelt mir zu, mit Troy neben ihr, der ein Buttermesser nutzt, um Erdbeeren und Bananen in eine Schüssel zu schneiden.

„Daddy! Guck, Daddy! Miss Emily lässt mich ihr in der Küche helfen! Guck mich an!", strahlt er, und ich gehe mit einem Lächeln im Gesicht zu ihm. Es ist schön, in ein friedliches Haus nach Hause zu kommen, und ich bin glücklich, dass er Spaß hat.

„Was? Seit wann bist du alt genug, um ein Messer zu benutzen? Bist du sicher, dass du dafür groß genug bist?", frage ich mit neckender Stimme. Ich lege meine Arme um ihn und küsse ihn auf die Wange, was das größte Lächeln auf sein Gesicht zaubert, das ich seit langer Zeit gesehen habe.

Die letzten paar Tage haben meinen Sohn wirklich zum Besseren verändert. Ich habe mehr und mehr bemerkt, dass er Emily sehr mag, was mein Leben wesentlich einfacher macht. Ich hoffe, dass das anhält, aber ich hüte mich davor, mich an ein Kindermädchen zu hängen.

„Ich bin groß genug. Emily hat gesagt, dass dieses Messer perfekt für Obst ist und dass sie möchte, dass ich es mache!" Er lächelt ihr zu, und sie erwidert sein Lächeln, auch wenn ihr Blick schnell wieder zu der Pfanne mit brutzelndem Hackfleisch vor ihr zurückkehrt.

„Ich dachte, dass er mir vielleicht gern in der Küche aushelfen würde. Es schien mir eine bessere Option als eine weitere Folge der Serie zu sein, die er immer anschaut." Sie schenkt mir ein warmes Lächeln, und ich nicke.

„Ich schätze es, dass du ihn dir helfen lässt, und danke, dass du dich auch um das Abendessen kümmerst. Wow, ich muss sagen, hier sieht es umwerfend aus. Wann hattest du die Zeit, alles sauber zu machen und dich auch noch um dieses kleine Monster zu kümmern?" Ich zerzause Troys Wuschelkopf und sehe mich erstaunt im Haus um. Nicht nur hat sie mit dem Kochen des Abendessens angefangen, aber ich kann sehen, dass sie gesaugt und abgestaubt hat und dass einige von Troys sauberen Klamotten sauber gefaltet in einem Korb liegen.

„Ich bin noch nicht ganz fertig. Ich wollte die Wäsche fertig machen und mich um die Speisekammer kümmern, aber das wird bis morgen warten müssen. Es stört Sie doch nicht, wenn ich die Lebensmittel wegwerfe, die abgelaufen sind, oder? Ich habe vorhin beim Vorbereiten des Abendessens bemerkt, dass da einige Lebensmittel sind, die ihr Haltbarkeitsdatum überschritten haben." Sie lächelt mich erneut an, und ich schüttle schnell den Kopf.

„Wenn es irgendetwas gibt, von dem du denkst, es müsse weg, wirf es weg. Es tut mir leid, dass du all das tun musst, wenn du auch noch auf Troy aufpasst, aber ich weiß es wirklich zu schätzen. Vielleicht müssen wir über eine Gehaltserhöhung sprechen." Bei dieser Aussicht sehe ich ihre Augen aufleuchten, aber sie sagt nichts.

„Ich werde eine Einkaufsliste machen und morgen ein paar Dinge besorgen. Ich dachte, dass Troy ein kleiner Überraschungsausflug vielleicht gefallen würde. Vielleicht halten wir auf dem Heimweg an und holen Eis, aber nur, wenn er ein guter Junge ist." Sie wirft meinem Sohn einen Blick zu, und zum ersten Mal in meinem ganzen Leben sehe ich, dass er ihr schnell versichert, dass er das sein wird.

„Ich werde gut sein! Ich möchte eine Schokoeistüte! Ich möchte Schokoeis!", schreit er, und sie legt einen Finger auf ihre Lippen.

„Shhh, erinnerst du dich daran, worüber wir gesprochen haben? Du musst deine leise Stimme nutzen, wenn wir im Haus sind, dann kannst du deine laute Stimme nutzen, wenn du draußen bist. Welche Eistüte hättest du gern?" Sie stemmt die Hände in die Hüften und sieht ihn mit einem ernsten, aber sanften Blick an, und erneut erkenne ich meinen Sohn kaum wieder.

Er senkt sofort seine Stimme und wendet seine Aufmerksamkeit wieder der Banane vor sich zu, während er antwortet: „Ich möchte eine Schokoeistüte, bitte."

„Dann sollst du eine Schokoeistüte bekommen", erwidert Emily mit einem Lächeln. Sie dreht sich zu mir und zeigt mit dem Finger auf die Treppe. „Ich bin fast mit dem Rest der Zutaten für die Tacos fertig, und ich denke, Troy ist mit dem Obstsalat auch soweit. Sie machen sich besser fertig für das Abendessen, wenn Sie es haben wollen, während es noch heiß ist."

„Ich kann mich nicht an das letzte Mal erinnern, als wir Tacos hatten", sage ich mit einem Kopfschütteln. „Ich bin gleich zurück."

Ich drehe mich um und gehe die Treppe hoch, immer noch mit umherwirbelnden Gedanken. Sie hat Tacos gemacht. Ich kann mich wirklich nicht an das letzte Mal erinnern, als ich einen Taco hatte, und es klingt köstlich. All die Kindermädchen, die ich von der Agentur engagiert hatte, machten immer irgendeine Delikatesse zum Abendessen. Ich war nie sicher, ob ihnen gesagt wurde, dass sie dies tun mussten oder ob sie es taten, um mich zu beeindrucken, aber Troy gefiel selten das, was vor ihm auf dem Tisch stand. Ich hatte das Gefühl, dass das Teil des Problems zwischen ihm und den Kindermädchen war. Sie achteten nie darauf, was er wollte oder brauchte, stattdessen verbrachten sie zu viel Zeit damit, das zu tun, von dem sie dachten, dass ich es wollte.

Alles, was ich von ihnen wollte, war, dass sie meinen Sohn glücklich machten—und brav.

Bisher hat Emily einen tiefgreifenden Einfluss auf ihn gehabt, und ich kann es mir nicht erklären. Am einen Tag schreit er sie im Flur an, dann kaum eine Woche später ist er wie ein anderes Kind, als ich nach Hause komme. Es ist so eine nette Abwechslung zu dem, was ich gewöhnt bin, und ich kann es kaum glauben.

Während ich etwas Bequemeres zum Abendessen anziehe, denke ich erneut an Cheryl. Sie kann sich so sehr darüber auslassen, wie die Dinge sind, wie sie will, aber ich kann sehen, dass mein Sohn jetzt glücklich ist, und ich werde nichts tun—oder ihr erlauben, etwas zu tun—dass dies riskiert.

Sie hat ihre Wahl getroffen, und ich meine. Ich kann mit diesem Leben umgehen. Tatsächlich gefällt mir mein Leben so. Ob Cheryl mit ihrem Leben und den von ihr getroffenen Entscheidungen glücklich ist oder nicht, ist nicht mein Problem.

Ich bin endlich wieder glücklich.

KAPITEL 5

„In Ordnung, Mercedes, du kannst das. Du musst nur ein paar Lebensmittel einkaufen, dann mit dem Kind Eis holen gehen. Du wirst in weniger als einer Stunde wieder zuhause sein und dich wieder verstecken." Ich setze eine dicke, runde Sonnenbrille auf, die den Großteil meines Gesichts verdeckt, gefolgt von einem übertriebenen Sonnenhut. Ich hoffe, dass mein Look nicht so außergewöhnlich ist, dass Troy es erwähnt.

Zum Schluss noch knallroter Lippenstift—etwas, das ich auf dem College nie getragen habe—und ich gehe aus dem Badezimmer, um in sein Zimmer zu spähen. „Bist du fertig?"

„Ja, Miss Emily!", sagt Troy, während er schnell aufhört, mit seinen Spielsachen zu spielen und aufsteht. Ich gewöhne mich endlich daran, dass er mich Emily nennt. Für eine Weile war es schwer, ihn nicht zu korrigieren und ihm meinen richtigen Namen zu sagen. Aber ich war darauf bedacht, diese Angewohnheit so schnell wie möglich loszuwerden. Das Letzte, was ich wollte, war, mich zu vertun und die Wahrheit zu sagen.

„Du siehst in diesem Shirt niedlich aus", meine ich, als wir beide das Haus verlassen. Er nickt und geht direkt auf das Auto zu, aber ich halte ihn auf. Es ist die eine Sache, an die ich nicht gedacht habe, bevor wir aus dem Haus sind, und ich realisiere plötzlich, dass ich das Fahren so oft wie möglich vermeiden sollte.

„Daddy hat gesagt, dass wir heute sein Auto nehmen können", erklärt Troy, während er am Türgriff hängt. Ich kann die Spannung in seiner Stimme hören, und ich weiß, dass ich vorsichtig sein muss, wenn ich nicht möchte, dass er einen Wutanfall bekommt—was ich bin. Ich werde alles tun, um ihn davon abzuhalten, in der Öffentlichkeit zu toben, aber ich kann es nicht riskieren, angehalten zu werden und einem Cop meinen Ausweis zeigen zu müssen.

„Ich weiß, dass er das getan hat, aber wie ich ihm heute Morgen gesagt habe, denke ich, dass das Wetter perfekt für einen Spaziergang ist! Möchtest du nicht ein wenig frische Luft schnappen?", frage ich mit einem Lächeln. Er wirft mir einen Blick zu, der mir sagt, dass er alles andere lieber tun würde, als mit mir spazieren zu gehen, aber ich ignoriere es.

„Ich möchte in Daddys Auto fahren! Er lässt mich nicht oft mitfahren, und es ist ein Luxusauto! Ich will darin fahren!", schreit Troy. Ich blicke ihn warnend an und lege einen Finger auf die Lippen.

„Was habe ich dir von—", setze ich an, aber er unterbricht mich.

„Wir sind draußen! Ich kann meine laute Stimme benutzen, wenn ich will!", brüllt er erneut.

„Okay, ich weiß, dass wir draußen sind, aber deine laute Stimme zu nutzen und mich anzuschreien sind zwei unterschiedliche Dinge. Du musst immer noch nett sein, selbst wenn du draußen lauter sprichst." Ich verschränke die Arme und sehe ihn an, und er wirft sich auf den Boden. Ich bereite mich darauf vor, dass er wegen eines verkratzten Arms oder abgeschürften Knies zu weinen anfängt, bin aber froh, als er dies nicht tut.

„Ich dachte, du wolltest ein Eis haben", versuche ich es nochmal mit einem anderen Ansatz.

„Will ich! Ich möchte eine Schokoeistüte!", fährt er mich an. Ich bin dankbar, dass er seine Stimme diesmal etwas senkt.

„Na, dann lass uns gehen. Du wirst nicht viel Eis bekommen, wenn du hier in der Auffahrt bleibst", meine ich mit einem Lachen.

Ich kann sehen, dass er nicht weiß, was er von mir halten soll, und ich frage mich, wie viele Kindermädchen in der Vergangenheit einfach nachgeben haben, sobald er nur genug getobt hat.

Ich gehe durch das Tor, lasse es offen und trete auf den Bürgersteig. Gedanklich frage ich mich, wie weit ich gehen kann, bevor ich mich umdrehen und sicherstellen sollte, dass er mit mir kommt, und gerade als ich mich umdrehen möchte, höre ich seine kleinen Füße auf dem Gehsteig, den er entlangrennt, um zu mir aufzuholen.

„Da bist du! Ich dachte schon, ich müsste mir ganz alleine Eis holen", sage ich mit einem Lächeln. Er schmollt, aber er kommt, und das ist alles, was mir wichtig ist. Wir gehen ein paar Sekunden schweigend nebeneinander her, dann biete ich ihm meine Hand an. „Weißt du, ich würde liebend gern die Hand eines stattlichen Jungen wie dir halten, während wir die Straße entlanggehen."

„Ich will deine Hand nicht halten", gibt er zurück. Ich ziehe meine Hand zurück und seufze.

„In Ordnung, wenn du nicht mein bester Freund sein willst, dann musst du das nicht." Ich blicke in die andere Richtung, aber ich merke, dass ich jetzt seine Aufmerksamkeit habe.

„Ich habe keinen besten Freund", antwortet er letztendlich. „Aber ich möchte einen. Ich bekomme keinen, weil ich nicht in die Kindertagesstätte oder zur Schule gehe. Die Kinder in der Tagesstätte mochte ich auch nicht. Die waren nicht sehr nett."

Ich spähe zu ihm hinab, plötzlich eine neue Art des Mitgefühls für ihn empfindend. Sein Vater hat erwähnt, dass er Troy ein paar Tage in eine Tagesstätte bringen musste, während er nach einem anderen Kindermädchen gesucht hat, aber ich habe nicht darüber nachgedacht, wie schwer das für das Kind sein konnte. Klar, in ein fremdes Haus zu gehen, wenn er daran gewöhnt war, allein zu leben, musste hart sein, aber ich hatte nicht darüber nachgedacht, wie ihn die anderen Kinder behandelt haben konnten.

„Weißt du, als ich zur Schule gegangen bin, waren die Leute auch nicht sehr nett zu mir. Ich bin froh, dass ich einen netten Jungen wie dich kennengelernt habe", sage ich mit einem Lächeln. Er sieht zu mir auf und erwidert mein Lächeln, und zu meiner Überraschung legt er seine Hand in meine. Begeisterung schießt durch mein Herz. Ich breche zu diesem kleinen Jungen durch, und kein Kindermädchen war bisher fähig, das zu tun. Ich mache einen Eindruck auf ihn, und das bewegt auf eine Art mein Herz, die ich nie erwartet hätte.

An diesem Job gibt es viele Dinge, die ich nicht erwartet hatte, nicht zuletzt der Eindruck, den ein schroffer, stiller Vater auf mich hat.

Kane ist der eine Mensch, der in der letzten Woche noch mehr in meinem Kopf war als Amanda, und ich weiß nicht, was ich mit meinen Gedanken anfangen soll. Ich weiß, dass er bei der Arbeit gestresst ist, obwohl ich nicht völlig sicher bin, was ihn so strapaziert. Er erzählt mir nicht viel, und ich frage nicht nach. Ich weiß nur, dass er mich dafür bezahlt, das Kindermädchen zu sein, das ist alles.

Aber soweit ich sagen kann, hat er Probleme mit seiner Ex-Frau. Natürlich kann ich nicht leugnen, dass mich das Wissen über Schwierigkeiten zwischen den beiden glücklich macht. Ich kann nicht aufhören, über Kane zu fantasieren, und ich fühle mich deswegen nicht allzu schuldig, da ich weiß, dass es keine Frau in seinem Leben gibt.

In meiner tiefsten Sehnsucht möchte ich diejenige sein, auf die zu sehen er sich freut, wenn er nach Hause kommt, selbst wenn ich das Kindermädchen bin. Ich kann so gut ich kann Ehefrau spielen, selbst wenn ich es professionell halten muss. Es ist ein harmloses Spiel in meinem Kopf, solange er nichts davon herausfindet.

Und solange er nicht herausfindet, wer ich bin, kann ich das für lange Zeit aufrechterhalten.

Und meine Güte, habe ich Vorsichtsmaßnahmen ergriffen. Ich weiß, dass er morgens gerne die Nachrichten ansieht, aber ich bin immer darauf bedacht, den Fernseher auszuschalten und mit ihm über etwas zu reden, das mit meinen Pflichten zu tun hat, wenn irgendein Bericht über mich läuft. Zuerst hatte ich Angst, dass er es durchschauen würde, aber er ist immer so in seiner Arbeit gefangen, dass es ihn überhaupt nicht zu kümmern scheint.

Je weniger er über die Geschichte hört, desto besser. Das einzige Problem ist, dass es bedeutet, dass ich ebenfalls nichts Neues darüber erfahre. Ich habe während des Tages keine Zeit, um nachzusehen, was gesagt wird, und ich wage es nicht, die Nachrichten mit jemandem in der Nähe eingeschaltet zu lassen.

Ich weiß nicht, ob nach mir gesucht wird oder wie nah sie daran sind, mich zu finden. Ich möchte glauben, dass sie mich gehen lassen müssen, aber im Hinterkopf kann ich nicht aufhören, über diesen wiederkehrenden Traum nachzudenken.

Ich greife Troys Hand ein wenig fester, und wir beschleunigen.

„Au! Warum beeilen wir uns so?", fragt er, offensichtlich genervt.

„Ich denke nur, wir sollten die Einkäufe schnell erledigen. Ich möchte dieses Eis", erkläre ich mit einem Lächeln. Er scheint mit meiner Antwort zufrieden zu sein, aber ich kann das paranoide Gefühl nicht abschütteln, das mich ergriffen hat. Ich möchte diese Einkäufe hinter mich bringen und so schnell wie möglich nach Hause gehen.

Ich vermeide es schon so häufig wie möglich, die Haustür zu öffnen oder an das Festnetztelefon zu gehen. In die Öffentlichkeit zu gehen hat eine noch schlimmere Auswirkung auf meine Nerven. Ich nehme einen tiefen Atemzug und lasse ihn wieder heraus, als wir direkt vor einem Polizeiauto die Straße überqueren.

Die wissen nicht, wer du bist, Mercedes. Mach einfach die Besorgungen und geh raus. Du musst nicht einmal deine Sonnenbrille absetzen. Alles wird gut. Alles wird gut.

Die Gedanken rasen durch meinen Kopf, und ich versuche, mich auf den gegenwärtigen Augenblick zu konzentrieren. Ich sage mir, dass alles gut wird, aber da sitzt ein unerschütterliches Gefühl in meinem Herzen, dass meine Uhr abgelaufen ist. So sehr ich es auch genieße, für Kane und Troy zu arbeiten, und wünschte, dass dies für immer mein Leben sein könnte, befürchte ich, dass das nicht passieren wird.

Es ist nur eine Frage der Zeit, bis sie mich erwischen, und sobald sie dies tun, mache ich mir Sorgen, dass ich für ein Verbrechen ins Gefängnis wandere, welches ich nicht begangen habe.

KAPITEL 6

M eine Hände zittern vor Ärger, und die Wut hat mich so sehr gepackt, dass ich kaum geradeaus denken oder sehen kann. Ich habe einen Brief erhalten, nicht von meiner Ex, aber von ihrem Anwalt, und der Inhalt reicht aus, um es mir übel werden zu lassen.

Ich habe die Tatsache akzeptiert, dass meine Zeit mit meiner Firma vorbei ist. Irgendetwas wird früher oder später passieren, und ich werde auf die eine oder andere Art den Kopf dafür hinhalten müssen. Denke ich, dass ich ins Gefängnis wandere? Nein. Denke ich, dass ich das Geschäft verlieren werde? Nein.

Aber ich habe das Gefühl, als wären mir die Hände gebunden. Es gibt keinen einzigen Geschäftsmann auf diesem Planeten, der in die Öffentlichkeit getreten ist und verkündet hat, dass er seine Versprechen nicht eingehalten hat. Wenigstens gibt es keinen erfolgreichen Geschäftsmann, der so etwas getan hat. Ich möchte aus diesen Fesseln herauskommen, aber ich werde mir einen Weg überlegen müssen, um es unbemerkt zu tun.

Und jetzt habe ich nicht länger den Luxus von Zeit, um herauszufinden, wie ich das anstellen soll.

Der Inhalt des Briefes, wenn auch auf den Punkt, war drohender, als ich von Cheryl erwartet hatte. Ich weiß, dass sie wütend darüber ist, wie die Dinge mit Troy laufen, aber ich wusste nicht, dass sie so etwas Drastisches tun würde.

Ich muss einen Weg finden, um sie zu beschwichtigen, ohne mich bloßzustellen—oder das Gesetz miteinzubeziehen. Etwas muss sich ändern—und zwar bald—sonst werde ich mit vielen Leuten ziemliche Probleme bekommen.

Ein Skandal wie dieser wäre genug, um meine Firma aufs Spiel zu setzen, und sie hat recht. Wenn ich diese Firma verliere, dann verliere ich alles. Ich würde mich vom Haus, von dem Leben, das ich lebe, und von dem Kindermädchen verabschieden müssen, das ich nicht aus meinem Kopf bekommen kann. Ich möchte nicht darüber nachdenken, dass das passiert, aber dieser Brief lässt es als eine reale Möglichkeit erscheinen.

Ich ziehe an meiner Zigarette, dann überfliege ich den Brief erneut.

Mr. Stockwell.

Ich verstehe, dass Sie über gewisse Bedingungen mit meiner Klientin, Ihrer Ex-Frau, verhandelt haben. Miss Dunst ist der Meinung, dass sie berechtig ist, ihren Sohn zumindest gelegentlich zu sehen, und Sie halten sie davon ab. Ich habe mir einige Akten angesehen, und meines Wissens nach sind Sie weder Anwalt noch Richter, und Sie sind nicht Teil der Gesetzesvollstreckung.

Was bedeutet, Sir, dass Sie in keiner Position sind zu bestimmen, ob meine Klientin ihr Kind sehen darf oder nicht. Ich verstehe, dass Sie glauben, dass Sie alleiniges Sorgerecht für das Kind haben, aber da Miss Dunst ihre Rechte nicht abgegeben hat, haben Sie nicht die Klageberechtigung, die Sie denken zu haben.

Ich bin sicher, dass dies nichts als ein Missverständnis der gerichtlichen Schritte ist, und dass es vermutlich schnell beseitigt werden kann, jetzt wo Sie den Ernst der Situation verstehen. Wenn Sie allerdings ihrer Bitte nicht nachkommen, dann lassen Sie uns keine Wahl, als weitere Schritte gegen Sie zu unternehmen.

Miss Dunst hat mir gegenüber erwähnt, dass Sie durch Betrug an Ihre Firma gekommen sind. Ich weiß nicht, wie viel davon der Wahrheit entspricht, wenn überhaupt, aber ich sehe keinen Grund, meine Klientin abzuweisen, wenn sie wünscht, diese Angelegenheit vor Gericht zu behandeln.

Meine Klientin wünscht lediglich, ihren Sohn zu sehen. Wenn Sie dieser Bitte nachkommen, sehen wir keinen Grund dazu, bezüglich der anderen Angelegenheit weitere Schritte einzuleiten, da kein Grund für sie besteht, es an die Öffentlichkeit zu bringen.

Ich würde Ihre volle Kooperation in dieser Situation schätzen, und ich freue mich, von Ihnen zu hören. Vielen Dank für Ihre Zeit.

MIT FREUNDLICHEN GRÜßEN
Peter Williams

ICH SCHÜTTLE den Kopf und unterdrücke den Drang, die Papiere anzuzünden. Ich möchte meinen eigenen Anwalt anrufen, aber mit ihm habe ich mich auch noch nicht um alle Details gekümmert. Ich weiß, dass sie recht hat. Sie hat nie ihr Sorgerecht abgegeben, und ich weiß, dass dies die Dinge verkomplizieren wird, wenn es vor Gericht herauskommt.

Aber ich bin rasend wütend auf sie, und ich möchte ihren Forderungen nicht nachkommen. Das sind keine Bitten, die sie stellt. Das ist Erpressung vom Feinsten, und wenn ich nicht darüber besorgt wäre, dass die Wahrheit über meine Firma ans Licht kommt, dann würde ich das selbst direkt zum Richter bringen.

Endlich, während ich einen weiteren Zug von meiner Zigarette nehme, kommt mir eine Idee. Ich bin nicht glücklich damit, aber ich brauche mehr Zeit, und die einzige Möglichkeit, diese zu bekommen, besteht darin, mit ihr zu reden. Ich greife mein Handy und durchsuche meine Kontakte, einen Moment zögernd, bevor ich auf ihren

Namen tippe. Mit dem Handy am Ohr erwarte ich von ihr, dass sie es auf die Mailbox gehen lässt, ohne abzunehmen.

Zu meiner Überraschung geht sie nach dem ersten Klingeln ran.

„Na so was, ich wusste, es wäre nur eine Frage der Zeit, bis du mich vermisst", sagt sie freundlich.

„Hör auf mit dem Mist, Cheryl. Ich habe einen Brief von deinem Anwalt bekommen", belle ich. Ich höre sie am anderen Ende der Leitung nach Luft schnappen und möchte am liebsten auflegen.

„Das hast du? Was steht drin?" Ihre Stimme klingt überrascht, und ich frage mich, wie oft sie solch eine Schau während unserer Ehe abgezogen hat. Wie oft bin ich auf ihre Spielchen reingefallen?

„Ich habe gesagt, hör auf mit dem Mist, Cheryl. Du weißt ganz genau, was darin stand, und ich werde deine Spielchen nicht spielen. Was zur Hölle denkst du, was du da tust? Mir drohen, nur damit zu Zeit mit einem Sohn verbringen kannst, um den du dich im letzten Jahr keinen Dreck geschert hast? Siehst du nicht, dass das genau der Grund ist, aus dem ich nicht möchte, dass er etwas mit dir zu tun hat?" Ich werfe ihr die Worte entgegen, ohne ihr die Zeit zu geben, dazwischen zu antworten, aber sie unterbricht mich, bevor ich fortfahren kann.

„Ich habe versucht, nett zu dir zu sein, Kane, aber du hast mich jedes Mal abgewiesen. Du kennst mich. Ich werde nicht aufhören, bis ich bekomme, was ich will, und ich will meinen Sohn sehen. Du hast nicht das Recht, ihn von mir fernzuhalten. Es ist mir egal, für wie hochmächtig du dich hältst." Sie lacht, und mir wird übel. Ich habe nicht gewusst, dass ich so viel Wut für eine Frau empfinden kann. Ich hasse sie beinahe.

„Sieh mal. Ich möchte dich nicht in die Klemme bringen, aber Blake hat erwähnt, dass du möglicherweise Klienten ein paar Versprechen gemacht hast, die du nicht halten konntest. Ich habe mir die Geschichte deines Geschäfts angesehen, und es scheint, dass nur wenige geschätzte Leute tatsächlich diesen von dir versprochenen Traum, Millionär zu werden, erreicht haben. Tatsache ist, dass es nicht so zu sein scheint, als würde deine Firma deren Gewinnchancen mehr verbessern, als wenn sie mit irgendeinem anderen

Börsenmakler gearbeitet hätten." Ihre Stimme ist wie Honig in der Leitung, und ich merke, wie mir mein Herz in die Hose rutscht.

Sie liegt auf viele Arten richtig. Nicht gänzlich richtig, aber richtig genug, dass ich weiß, dass ich nicht den Hauch einer Chance habe, wenn sie das vor Gericht bringt.

„Also, was willst du? Einfach in mein Haus spazieren und Zeit mit Troy verbringen? Ich glaube nicht, dass ihm das mehr gefallen wird als mir", erwidere ich trocken.

„Es ist mir egal, wie du es verwirklichst, ich weiß nur, dass du es verwirklichen wirst", gibt sie zurück. Ich kann hören, dass sie entweder etwas trinkt oder raucht, aber ich kann nicht feststellen, was. „Vertrau mir, je früher du mit mir zusammenarbeitest, desto schneller geht all das vorüber."

Für einen Moment sitze ich still da, dann seufze ich. „In Ordnung, du hast gewonnen. Ich werde mir etwas überlegen. Ich weiß noch nicht genau, was es sein wird, aber es wird etwas sein."

Ihr Lachen widert mich erneut an. „Gut. Ich wusste, dass du nachgeben würdest. Schließlich hätte ich die Polizei mit einbezogen, wenn du es nicht getan hättest, und ich weiß, dass keiner von uns beiden will, dass das passiert."

Ich lege auf, bevor ich die Fassung verliere, und seufze, dann verschränke ich die Finger ineinander und lege meine Ellbogen auf den Tisch. Ich kann nicht glauben, welche Nerven diese Frau hat, und ich hasse es, dass sie in dieser Situation die Oberhand behält. Ich muss mir etwas überlegen, und zwar bald. Aber ich habe keinen blassen Schimmer, was das sein wird.

KAPITEL 7

Ich höre das Auto in die Auffahrt fahren und stehe von meinem Platz am Tisch auf, erpicht darauf, Kanes Abendessen aus dem Ofen zu holen und auf seinen Teller zu legen, bevor er ins Haus kommt. Troy habe ich bereits ins Bett gebracht, aber ich wollte nicht ins Bett gehen, bis Kane zuhause ist. Ich höre ihn durch die Tür kommen und Krach machen, während er seine Schuhe auszieht und die Schlüssel ablegt. Er ist wütend.

„Ich habe Ihr Abendessen fertig, es steht hier", sage ich, als er in die Küche tritt. Beim Hinsetzen grummelt er, und ich kehre zu meiner Seite des Tisches zurück. Zwischen uns herrscht Stille. Das einzige Geräusch im Zimmer ist das seiner Gabel, die er ins Essen sticht, und jeder Stoß ist als leises Klirren zu hören.

„Ich hasse sie. Sie wird alles ruinieren. Ich hasse diese verdammte Frau", blafft er, und ich sehe auf.

„Wer?", frage ich, obwohl ich die Antwort bereits kenne.

„Meine Ex-Frau. Sie will Troy sehen. Sie möchte Teil seines Lebens sein, aber ich kann sie ihn nicht wieder enttäuschen lassen. Sie droht, mich zu ruinieren, wenn ich sie ihn nicht sehen lasse." Er schüttelt den Kopf und schiebt eine weitere Portion Essen in seinen Mund.

Ich sitze still da, während er sich eine Weile lang weiter auslässt, dann stehe ich langsam auf und gehe zu seiner Seite des Tisches. Ich lege meine Hände auf seine Schultern und beginne, sanft die Anspannung aus seinen Muskeln zu massieren.

„Es wird alles gut werden. Ich meine, ich kenne weder Ihre Frau noch die Situation, aber ich weiß, dass Sie sich darum kümmern werden. Sie wissen, wie man mit solchen Dingen umgeht, und ich hege keinerlei Zweifel, dass Sie das in Ordnung bringen werden." Ich weiß nicht, was ich sagen soll, also platze ich mit dem Ersten heraus, was mir in den Sinn kommt. Kane ist für einen Moment ruhig, dann blickt er zu mir auf.

„Ich kann weder Troy noch mein Geschäft verlieren. Ich brauche beide. Diese Frau hat die Macht, sie mir beide wegzunehmen, und das weiß sie. Mit einem verdammt guten Anwalt kann sie das tun." Er schüttelt den Kopf, aber ich beschwichtige ihn leise.

„Machen Sie sich darüber im Moment keine Sorgen. Ich bin sicher, dass Sie ebenfalls Beziehungen haben, Sie können gegen sie vorgehen. Erneut, ich kenne die Situation nicht, aber ich weiß, dass wenn jemand damit umgehen kann, Sie es sind." Ich bemerke kaum, dass ich mich so nahe zu ihm heruntergebeugt habe, dass ich fast direkt in sein Ohr spreche, bis sich eine Stille über ihn legt.

Für ein paar Sekunden halte ich dort inne, meine Lippen nur Zentimeter von seiner Haut entfernt. Ich atme kaum, mein Kopf schwirrt, und mein Körper kribbelt aufgrund seiner Nähe, und ich kann spüren, wie sich seine Muskeln wieder angespannt haben, während ich ihm so nahe bin.

Ich will gerade meine Hände von seinen Schultern nehmen, um diese aufgeheizte Stille zu durchbrechen, als er sich zu meiner Über- raschung umdreht und mich küsst.

Mein erster Instinkt ist, mich verunsichert daraus zu lösen, aber irgendetwas hält mich dort. Seine Lippen auf meinen sind wie ein Traum, und ich beginne langsam, den Kuss zu erwidern, während meine Selbstsicherheit mit unserer Leidenschaft wächst. Er steht von seinem Stuhl auf und lehnt sich nach unten, um mich weiter zu küssen. Ich lege meine Arme um seinen Hals, als er meine Hüften greift.

Beim Druck seiner Hände stöhne ich in seinen Mund, und als er mich näher an sich zieht, springe ich und lege meine Beine um ihn. Seine Kraft erregt mich, und ich kann spüren, wie ich feucht werde.

Ich verliere mich in der Empfindung, und bevor ich mich versehe, trägt er mich zur Treppe. Ich öffne meine Lippen ein wenig, lasse meine Zunge in seinen Mund gleiten und kämpfe mit seiner. Meine Augen sind geschlossen, und ich kann fühlen, dass wir die Treppe hochgehen, aber ich möchte sie nicht öffnen. In mir steigt ein Hitzegefühl auf. Es ist ein stärkeres Verlangen, als ich es je verspürt habe.

Ich habe noch nie mit einem Mann geschlafen. Ich bin ihm nahegekommen, aber da war immer etwas gewesen, das mich letztendlich zurückgehalten hat. Ich weiß, dass das richtig ist, das Kane derjenige ist, an den ich meine Jungfräulichkeit verlieren will, aber er hat keine Ahnung. Er läuft durch den dunklen Flur und tritt die Tür zu seinem Zimmer auf. Es ist zu dunkel, um irgendetwas zu sehen, aber er kennt sich aus.

Er lässt mich auf das weiche Bett fallen und folgt mir direkt, aber ohne schwer auf mir zu landen. Er streckt eine Hand aus, um mich nicht mit seinem muskulösen Körper zu zerquetschen, dann nutzt er seine freie Hand, um mich zu erkunden.

Wir haben immer noch kein einziges Wort gesprochen, aber unser Stöhnen und Keuchen ist genug. Es ist unsere eigene Sprache.

Er beginnt seine Entdeckungen meinen Oberschenkel entlang, hebt mich leicht hoch und drückt meinen Hintern. Kane lässt seine Hand weiter hochgleiten und hält an meiner Brust inne. Mein Atem stockt, und meine Hände zittern, aber ich will es.

Ich greife nach vorn und öffne die Knöpfe seines Hemdes, schiebe es von seinen Schultern und offenbare eine Figur, die genauso perfekt ist, wie ich sie mir vorgestellt habe. Er zieht mir wiederum mein T-Shirt aus und entblößt meinen straffen Körper mit seinen kleinen Brüsten und schlanken Kurven. Er presst sein Gesicht zwischen meine Brüste, um mich einzuatmen. Ich bin so feucht, dass ich bei der Berührung seiner Hand über meiner Jeans fast komme.

Er öffnet den Reißverschluss meiner Hose und zieht sie mühelos herunter, dann küsst er sich bis zu meinem Slip. Ich schnappe nach Luft, als er seinen Mund auf mich legt und bin überrascht, als er das winzige Stückchen Stoff mit seinen Zähnen greift und mir auszieht. Er neckt mich einen Moment mit seiner Zunge. Die Hitze seines Atems macht mich verrückt. Ich muss ihn in mir haben.

„Mein Gott, Emily, du bist so feucht", haucht er heiser, als er sich wieder meinen Körper nach oben küsst.

„Ich will dich in mir haben", flüstere ich. Ich kann meine Stimme zittern hören, aber ich hoffe, dass er es nicht bemerkt. Ich möchte nicht preisgeben, dass ich noch Jungfrau bin. Ich habe Angst, dass er aufhören wird, wenn er es herausfindet—und das ist das Letzte, was ich will.

Er zieht seine Hose und Boxershorts aus, und in der Dunkelheit kann ich die Umrisse seines riesigen Geschlechts sehen. Er kommt erneut nach vorn und lässt sich auf mich fallen. Sein Gesicht ist nur Zentimeter von meinem entfernt, und ich kann meinen süßen Duft an ihm riechen.

Er küsst mich, während er sich greift und mich mit der Spitze seines Schwanzes neckt. Für einen kurzen Moment bin ich besorgt, dass er nicht in mich hineinpassen wird. Ich hatte noch nie jemanden in mir, und ich weiß nicht, ob er zu groß ist. Aber ich werde es ihm nicht sagen. Ich werde mich jetzt von nichts aufhalten lassen.

Ich hebe meine Hüften mit einem leisen, verlangenden Wimmern an, und er dringt mit einer festen Bewegung in mich ein.

Ich schreie auf. Der Schmerz ist stärker, als ich es erwartet hätte, auch wenn ich mir die ganze Zeit gesagt habe, ich solle mich entspannen. Er hört auf, sich zu bewegen, seine ganze Länge tief in mir.

„Habe ich dir weh getan?", fragt er mit Sorge in der Stimme.

„Nein, nein", erwidere ich schnell. „Es ist nur, dass du so groß bist. Ich hatte noch nie jemand so Großes in mir."

Er beginnt, in mich zu stoßen, und der Schmerz weicht schnell einem Lustgefühl. Der restliche leichte Schmerz gibt dem unglaublichen Gefühl von ihm in mir nur zusätzliche Schärfe. Ich weiß, dass es nicht lange dauern wird, bis ich komme. Ich habe es mir schon oft selbst mit den Fingern gemacht, aber es hat sich überhaupt nicht wie das hier angefühlt. Mit jedem neuen Stoß werde ich näher zum Himmel katapultiert. Ich stöhne und winde mich unter ihm, und er atmet so tief, dass er fast keucht.

„Mein Gott, du bist so eng", haucht er mir ins Ohr. Ich stöhne und nicke, er dringt schneller in mich ein.

Ich spüre meinen Höhepunkt und wimmere noch lauter. Er bewegt sich noch schneller, und tief in mir findet eine Explosion statt. Ich bemerke, wie ich mich um ihn herum anspanne und er ebenfalls aufstöhnt. Ich glaube nicht, dass ich die rohe Lust ertragen kann, die durch meinen Körper strömt.

Nie in meinem Leben habe ich etwas so Intensives gespürt. Ich schnappe nach Luft, als die Wellen über mir zusammenbrechen. Aber er ist noch nicht fertig. Er hält mir beide Hände über den Kopf, während er härter in mich dringt, und nach ein paar Sekunden höre ich ihn keuchen und spüre ihn in mir zucken. Ich realisiere, dass er sich tief in mir leert und lächle in mich hinein. Ich hätte nie gedacht, dass ich durch diese Erfahrung solche Zufriedenheit empfinden könnte, und ich bin so glücklich, dass Kane derjenige war, der es mir gezeigt hat.

Er liegt für einen Moment ruhig auf mir, und ich spüre, wie seine Erektion weich wird. Er presst seine Lippen auf meine und rollt von mir, sich mit dem Rücken auf das Bett legend. Ich kuschle mich an ihn und lege meinen Kopf auf seine Brust. Ich weiß, dass ich die Nacht nicht in seinem Zimmer verbringen werde, aber nur ein paar Minuten der Ruhe wären schön.

„Du bist unglaublich", sagt er sanft.

„Ich glaube, das liegt an dir", erwidere ich mit einem Lächeln in der Dunkelheit. Wir liegen für einen Moment still da, dann wird seine Atmung tiefer. Ich weiß, dass er schläft, und ich sage mir, dass jetzt ein guter Zeitpunkt ist, um zu gehen.

Aber ich kann nicht. Ich möchte nur für ein paar Minuten die Augen schließen.

Ein paar Minuten, dann gehe ich...

DER KLANG meines Weckers in meinem Zimmer weckt mich auf, und ich setze mich erschrocken im Bett auf. Beim Umherblicken bemerke ich, dass ich immer noch in Kanes Zimmer bin.

„Scheiße!", rufe ich, während ich aus dem Bett springe. Kane ist bereits zur Arbeit gegangen, aber ich muss aufstehen und mich fertigmachen, bevor Troy aufwacht. Ich renne in mein Zimmer und ziehe mich schnell an. Mein Bett muss ich nicht machen, aber ich weiß, dass ich Kanes machen sollte. Das wäre wahrscheinlich etwas, worüber Troy sich wundern würde, wenn er durch den Flur käme.

Ich renne zurück in Kanes Schlafzimmer und halte abrupt an. In der Mitte seines Bettes ist ein Fleck, den ich mir näher ansehe. Blut.

„Scheiße!", presse ich erneut hervor. Über diesen Teil des Verlusts meiner Jungfräulichkeit hatte ich nicht nachgedacht. Ich muss ihn loswerden, bevor Kane es bemerkt. Ich möchte immer noch nicht, dass er weiß, dass er mein erstes Mal war.

Ich zerre die Laken von seinem Bett und drehe mich um in Richtung Tür. Ich erstarre. Troy steht da, reibt sich die Augen und beobachtet mich.

„Was tust du in Daddys Zimmer?", fragt er. Mein Verstand rast. Ich muss ihm irgendetwas sagen, aber es ist ausgeschlossen, dass ich ihm auch nur irgendetwas nahe der Wahrheit erzähle.

„Äh, ich dachte, dass ich heute mal die Laken deines Vaters wasche. Erinnerst du dich daran, wie wir Anfang der Woche deine gewaschen haben? Lass uns heute mit denen deines Vaters weitermachen", erkläre ich mit einem Lächeln. Er sieht mich einen Moment lang an, dann zuckt er die Achseln.

„Okay. Ich hab Hunger", antwortet er, während er sich umdreht, um die Treppe runterzugehen.

Ich seufze erleichtert. „Setz dich an den Tisch, und ich mach dir dein Frühstück!"

„Okay!", ruft er zurück. Ich lege die Laken auf meinen Arm, um die Flecken zu verstecken, dann begebe ich mich ebenfalls nach unten. Er ist jung, aber ich möchte nicht, dass er weitere Fragen stellt. Ich mache ihm sein Frühstück, dann werde ich sehen, was ich tun kann, um den Fleck aus dem Laken zu bekommen. Selbst wenn ich es zehnmal in die Waschmaschine stecken muss, ich werde ihn rausbekommen, bevor ich das Bett wieder damit beziehe.

Kane darf es nicht wissen. Troy darf es nicht wissen.

Das ist alles, was ich weiß.

KAPITEL 8

„Sie scheinen heute wesentlich glücklicher als sonst zu sein", bemerkt Missy, als ich aus dem Konferenzraum komme. „Haben Sie die Dinge mit Ihrer Frau endlich in Ordnung gebracht?"

„Nicht ganz, aber ich habe jemanden kennengelernt, der es wesentlich einfacher macht, mit all dem umzugehen", antworte ich mit hochgezogenen Augenbrauen. Sie wirft mir einen Blick zu, der mir sagt, dass sie neugierig, ein wenig verletzt und vielleicht sogar wütend ist, aber sie hütet sich, irgendetwas dazu zu sagen. Ich ignoriere sie, während ich den Raum verlasse, aber sie folgt mir.

„Haben Sie den Bericht bekommen, den ich Ihnen gestern Abend geschickt habe? Sie haben nicht geantwortet", fährt sie fort, wobei sie neben mir her trabt. Ich bin groß und mache große Schritte, was es für sie schwierig macht, in ihrem engen Bleistiftrock mitzuhalten.

„Ich habe ihn überflogen, ja. Wenn es etwas Wichtiges dazu zu beantworten gäbe, hätte ich das getan", sage ich über meine Schulter. Sie nervt mich, und ich will, dass sie es weiß, aber ich habe nicht die Zeit oder Energie, ihr zu sagen, sie solle aufhören mir zu folgen.

„Ich habe gedacht, Sie würden mir sagen, dass Sie ihn bekommen haben. Sie wissen, dass ich auf Ihre Zustimmung warte, um mit den Ankündigungen weiterzumachen", antwortet sie sauer.

„Und genau da machen Sie Ihre Fehler, tagein, tagaus", gebe ich kühl zurück. Sie hält plötzlich an und wirft mir einen weiteren Blick zu, doch ich gehe weiter. Ich hasse es, dass sie immer auf mich wartet. Sie weiß, was sie tun soll, und trotzdem wartet sie. Sie möchte meine Zustimmung für das Leben selbst, denke ich oft, und es lähmt die ganze Firma.

„Naja, wenn Sie nicht dem zustimmen wollen, was hier rein- oder rauskommt, dann werde ich mir nächstes Mal nicht die Mühe machen zu warten, dass Sie einen Blick darauf werfen", meint sie mit patziger Stimme.

„Ich möchte, dass Sie herausfinden, wie wir uns mit dem Slogan absichern können. Sie wissen genauso gut wie ich, dass wir niemanden zu Millionären machen, und ich möchte das loswerden, bevor wir verklagt werden." Ich sehe sie beim Sprechen nicht an, aber ich kann die Befriedigung spüren, die von ihr kommt.

„In Ordnung, das kann ich für sie tun. Das Letzte, was wir wollen, ist, dass Sie auf der Titelseite eines Magazins enden, oder nicht?", merkt sie ein wenig zu süß an. Zum ersten Mal halte ich an und zeige direkt auf sie.

„Das möchte ich meinen, denn wenn ich untergehe und diese Firma untergeht, raten Sie mal, wer dann nach einem neuen Job suchen muss? Und soweit es mich betrifft, brauchen Sie von mir auch keinerlei Empfehlung bezüglich ihrer Arbeitsgeschwindigkeit erwarten." Ich lächle bei dem Blick, den sie mir zuwirft, dann gehe ich weiter.

„Meinetwegen, ich erledige es, aber ich würde es schätzen, wenn Sie in Kontakt bleiben würden. Es ist wesentlich einfacher für mich zu wissen, was ich als nächstes tun soll, wenn ich weiß, welchen Standpunkt wir haben", sagt sie. Ich hebe meine Hand, um sie wissen zu lassen, dass ich sie gehört habe, aber ich werde das nicht weiter besprechen. Ich bin auf dem Weg in mein Büro und freue mich fürs Erste auf die Einsamkeit. Es waren ein paar lange Tage, und ich kann eine Pause von all dem vertragen.

Außerdem möchte ich Emily anrufen und nach ihr sehen. Es ist eine Weile her, dass ich dies getan habe, und ich möchte sie wissen lassen, dass ich immer noch schätze, was sie für Troy und mich tut. Wenigstens ist es das, was ich mir sage, als ich die Tür zu meinem Büro schließe und mich an meinen Tisch setze.

Tatsache ist, dass ich sie nicht aus dem Kopf bekomme. Da ist etwas an ihr, das sich so real und aufrichtig anfühlt. Ich habe es geliebt, sie in den letzten Wochen dazuhaben, nicht nur als Kindermädchen, sondern als einen ... Freund. Es ist eine Weile her, dass ich so einen hatte. Aber während all unserer Unterhaltungen habe ich einfach das Gefühl, dass wenn sie mir etwas erzählt, es die Wahrheit ist, und damit hat es sein Bewenden.

Anders als mit Cheryl, die bei allem gelogen hat. Ich weiß, dass ich darauf vertrauen kann, dass Emily nichts hinter meinem Rücken tut. Es ist so befreiend, mit dem Wissen bei der Arbeit zu sein, dass sich jemand Souveränes und Vertrauenswürdiges um meinen Sohn und mein Zuhause kümmert.

Ebenfalls möchte ich sicherstellen, dass sie nicht bereut, was letzte Nacht passiert ist—denn bei Gott, ich tue es nicht.

„Hallo?" Ihre Stimme klingt durch das Telefon so süß wie Honig.

„Emily! Hey, es ist eine Weile her, dass ich tagsüber nach euch gesehen habe. Wie geht es Troy? Wie ist dein Tag?", frage ich. Ich möchte nicht, dass der Grund für meinen Anruf offensichtlich ist. Tatsache ist, dass ich seit letzter Nacht noch mehr von ihr angetan bin, und ich möchte erneut mit ihr schlafen.

Ich kann mich nicht an das letzte Mal erinnern, dass ich mit jemandem Sex hatte, der so eng war, sich so gut mit mir bewegt hat. Es war, als würden wir eine einzige Person. Es war nicht zu sagen, wer wer war—wo der eine anfing und der andere endete. Es war nichts als perfekt zwischen uns.

„Alles ist gut. Troy malt eines seiner Bücher aus, und ich erledige ein paar Dinge im Haus", antwortet sie. Ich versuche, nicht ihren Ton zu analysieren. Ich bin nicht sicher, ob sie wegen der vorherigen Nacht sauer auf mich sein wird oder irgendetwas bereut.

„Du weißt, dass du es mit der Hausarbeit nicht so übertreiben musst. Ich schätze schon genug, was du mit Troy machst, ich möchte nicht, dass du dich so fühlst, als müsstest du alles machen", sage ich. Ich beginne, mich beim Reden mit ihr fast wieder geschäftlich zu fühlen, und spüre, wie eine Wand zwischen uns hochgeht.

Ich weiß, dass ich immer noch ihr Arbeitgeber bin, aber nach letzter Nacht hatte ich gehofft, dass wir darüber hinweg sind.

„Oh, ich weiß, und es stört mich nicht. Aber wenn er mit seinen Sachen beschäftigt ist und ich Langeweile habe, erledige ich gerne in paar Dinge. Ich meine, Sie bezahlen mir mehr als das Dreifache als das, was ich so ziemlich überall anders verdienen würde, also kann es sich für Sie genauso gut auch lohnen", meint sie mit einem Lachen. Ich stimme mit ein, aber ein Teil von mir zuckt zusammen.

Ich bin derjenige, der ihren Gehaltsscheck unterzeichnet, und wir hatten Sex. Ich weiß nicht, was sie darüber denkt oder wie sie sich fühlt, aber ich möchte es herausfinden. Aber ich werde sie jetzt nicht danach fragen. Ich möchte, dass es sich natürlich anfühlt. Ich möchte, dass es etwas ist, das wir beide für das, was es war, genossen haben, und etwas, das wir vielleicht sogar wieder tun.

„Naja, ich weiß es wirklich zu schätzen. Hör zu, ich muss zu einem Meeting", fahre ich fort, und in ihrer Stimme liegt fast ein Anflug von Erleichterung, als sie spricht.

„In Ordnung, ich mache hier dann mal weiter. Bis nachher", erwidert sie.

„Hab einen schönen Tag." Ich lege auf und seufze. Ich weiß nicht, was über mich gekommen ist. Ich weiß nicht, was ich tue. Irgendwie macht Emilys Anwesenheit in meinem Haus alles im Leben einfacher: mit den Attacken meiner Ex-Frau umzugehen, mit dem Stress umzugehen, was mit meinem Job passieren wird, mit allem umzugehen. Ich weiß nicht, was aus all dem werden wird. Ich weiß nur, dass ich sie nicht aus dem Kopf kriege, egal, wie sehr ich es versuche.

Aber nach der letzten Nacht weiß ich nicht, ob ich mir überhaupt die Mühe machen soll, es zu versuchen.

KAPITEL 9

„Miss Emily! Meine Sendung kommt nicht! Ich brauche Hilfe!“, schreit Troy aus dem anderen Zimmer. Ich lasse ausversehen den Deckel der Waschmaschine los und er knallt nach unten, was nur zu meinem plötzlichen Schrecken durch sein Schreien beiträgt.

Ich seufze und schüttle den Kopf. „Komm schon, Mercedes, du kannst das schaffen. Es ist nicht schwer, Flecken loszuwerden, pack es einfach noch einmal in die Wäsche.“

Ich blicke über meine Schulter. „Nur eine Sekunde! Ich muss das hier nur noch einmal anschalten, dann helfe ich dir!“

„Schnell! Ich will es nicht verpassen!“, brüllt er zurück.

Du hast diese Sendung tausendmal gesehen, ich glaube nicht, dass es dich umbringen wird, ein paar Sekunden einer Folge zu verpassen, denke ich mit einem nachsichtigen Augenrollen, während ich das Waschmittel direkt auf den Fleck gebe. Ich bin froh, dass Troy vernünftiger ist als zuvor, aber es ist immer noch schwer für mich, mich auf das zu konzentrieren, was ich tun soll, wenn er im Hintergrund nach mir ruft.

Ich nehme an, dass das einfach Teil des Daseins als Kindermädchen ist.

Ich packe das Laken zurück in die Waschmaschine und drehe am Knopf, dabei an die Unterhaltung denkend, die ich vorhin mit Kane hatte. Keiner von uns hat angesprochen, was wir die Nacht zuvor getan haben, aber gleichzeitig fühlte es sich an, als wäre es in jedem Wort der Unterhaltung enthalten. Mir fiel kein anderer Grund dafür ein, warum er mich sonst anrufen sollte. Es ist ewig her, dass er mich angerufen hat, um nachzufragen, wie es mit Troy läuft, und ich weiß nicht, was ich davon halten soll.

Vielleicht versuche ich nur, die Tatsache zu ignorieren, dass ich Sex mit meinem Boss hatte. Das ist wahrscheinlich die eine Sache, die man als Kindermädchen nicht tun sollte. Und ich hatte nicht nur Sex mit ihm gehabt, ich hatte ebenfalls meine Jungfräulichkeit an ihn verloren. Als sich die Dinge letzte Nacht aufheizten, habe ich nicht an meinen Job gedacht, und jetzt weiß ich nicht, was ich von der Situation halten soll.

Ich weiß nicht, ob er denkt, wir würden wieder miteinander schlafen, oder ob er das überhaupt will, oder ob es nur etwas war, das im Eifer des Gefechts geschehen ist und das wir einfach vergessen werden. Aber auf der anderen Seite war es auch nicht gerade geplant gewesen, mit ihm zum ersten Mal Sex zu haben. Es ist einfach irgendwie passiert.

„Kommst du?", ertönt Troys Stimme erneut aus dem anderen Zimmer, und ich rolle mit den Augen.

„Ja, ich komme", antworte ich, während ich aus der Waschküche ins Wohnzimmer gehe. Ich bin überrascht darüber, wie ruhig meine Stimme ist. Ich möchte ihn anschreien, er solle ruhig sein und mir ein paar Minuten geben, um alles zu organisieren, aber ich schweige. Ab und an muss ich mich daran erinnern, dass er nur ein kleiner Junge ist und ich nichts tun will, das ihn verärgert.

Er weiß nichts von dem, was in meinem Leben vorgeht—nicht, dass er es überhaupt verstehen würde—und er hat gewiss keine Ahnung, was zwischen seinem Vater und mir vor sich geht. Ich greife die Fernbedienung und drücke ein paar Knöpfe, bis seine Sendung endlich auf dem Bildschirm erscheint.

„Bitteschön. Möchtest du Saft oder so?", frage ich. Er nickt, während er es sich bequem macht, und ich mache mich auf den Weg zur Küche. Ich fühle mich so merkwürdig, fast als würde ich mir von außen zusehen. Etwas an der ganzen Situation macht mich nervös, und ich weiß nicht, was ich mit all dem anfangen soll.

Ich kann Kane nicht zu nahe kommen, ich kann einfach nicht. Es ist zu gefährlich. Er weiß nicht, wer ich bin, und ich weiß, wenn ich ihm zu nahe komme, wird die Wahrheit letztendlich ans Licht kommen. Das wird sie einfach, selbst wenn ich das nicht möchte.

In der Küche laufen immer noch die Nachrichten, und ich seufze. Ich war so damit beschäftigt gewesen, mich um den Fleck auf dem Laken zu kümmern, dass ich vergessen hatte, es abzuschalten. Der Nachrichtensprecher geht die Schlagzeilen durch. Ich halte inne, als mein Name erwähnt wird.

„Und die Suche nach Mercedes Gravage ist immer noch im Gange. Wenn jemand von Ihnen diese junge Frau gesehen hat oder über ihren Aufenthaltsort Bescheid weiß, möchten wir Sie bitten, sofort die Polizei zu informieren. Sie wird vermisst seit—"

Ich schalte den Fernseher aus, bevor der Mann weitersprechen kann. Jedes Mal, wenn ich mich auf dem Bildschirm sehe, wird mir schlecht. Ich hasse es, dass immer noch nach mir gesucht wird, und ich hasse es, dass ich deswegen nichts unternehmen kann. Ich hatte gehofft, dass sie ihre Ermittlungen mittlerweile in andere Richtungen gelenkt hätten, selbst wenn ich weiß, dass die Wahrscheinlichkeit dafür eher gering ist. Ein Mädchen darf träumen.

Ich möchte einfach schreien, dass mich die Welt vergessen soll. Ich möchte nicht, dass Kane es sieht—auch wenn ich beim Verändern meines Äußeren einen guten Job gemacht habe, Tatsache ist weiterhin, dass ich wenig Zweifel hege, dass er mich erkennen würde, wenn er nur genau genug hinsähe.

„Bringst du mir meinen Saft?", ruft Troy aus dem Wohnzimmer, was mich zurück in die Gegenwart bringt.

„Nur eine Sekunde! Da war etwas, das ich zuerst erledigen musste!", rufe ich zurück. Ich realisiere, dass ich den Großteil meines Tages damit verbringe, dem Jungen zu sagen, er solle sich hinsetzen und auf mich warten, aber ich kann nichts dafür. Ich habe nie geplant, Kindermädchen zu werden. Zur Hölle, ich habe noch nicht einmal geplant, je in dieser Stadt zu sein.

Ich sollte in San Diego sein und auf meinen Abschluss hinarbeiten. Aber hier bin ich, undercover als Kindermädchen für einen reichen Mann mit einem umwerfenden Körper.

Gott, dieser Körper! Ich weiß, dass ich nicht erneut mit ihm Sex haben wollen sollte. Ich weiß, dass ich die Tatsache bereuen sollte, dass wir überhaupt Sex hatten, aber ich kriege ihn nicht aus dem Kopf. Ich möchte nichts mehr, als mit ihm zusammen zu sein. Ich möchte erneut mit ihm schlafen. Das Gefühl von ihm zwischen meinen Beinen ist in meinen Verstand und meinen Körper eingebrannt.

Er hat mich auf Arten berührt, wie es noch nie jemand zuvor getan hat, und ich fühlte mich so vollkommen. Das möchte ich wieder erleben, und ich möchte es mit ihm. Ich empfinde immer noch Dankbarkeit dafür, dass er mein erstes Mal war. Ich kann mir nicht vorstellen, es irgendjemand anderes auf der Welt gegeben zu haben. Niemand sonst würde es so verdienen wie Kane.

Er war so nett zu mir wie niemand zuvor. Ausnahmsweise einmal habe ich mich gefühlt, als sähe mich jemand wirklich. Anders als meine Eltern, die mich immer zu Seite schoben, oder die Partner, die mich betrogen hatten, bevor ich überhaupt die Chance bekam, mit ihnen zu schlafen, oder selbst meine beste Freundin, die gelogen und jedem gesagt hatte, ich hätte ihrem Freund Herpes verpasst. Kane war fähig zu sehen, wer ich war.

Ich schüttle den Kopf, als ich den Saft aus dem Kühlschrank nehme und für Troy in einen Becher gieße. Wem mache ich was vor? Kane kennt mich nicht. Er kennt nicht einmal meinen Namen.

Er kennt Emily. Er denkt, dass ich irgendein junges Ding bin, das hier aufgewachsen ist und jetzt den Traumjob hat, mit Kindern zu arbeiten, indem ich das Kindermädchen für seinen Sohn bin.

Er hat keinen blassen Schimmer, dass ich wahrscheinlich des Mordes beschuldigt und von der Polizei gesucht werde. Wenn er das wüsste, wäre es ausgeschlossen, dass er mich auch nur in die Nähe seines Sohnes ließe. Tatsächlich würde er mich wahrscheinlich schneller ausliefern als alle anderen, wenn er es wüsste.

Ich schließe die Kühlschranktür ein wenig zu fest und gehe ins Wohnzimmer. „Hier, tut mir leid, dass es so lange gedauert hat."

„Bist du wütend?", fragt Troy, während er den Saft nimmt und zu mir aufblickt. „Denn du siehst wütend aus."

Ich seufze. „Nein, Troy, ich bin nicht wütend. Ich habe letzte Nacht nur nicht viel Schlaf bekommen und brauche ein Nickerchen. Du weißt, so wie du ab und zu ein Nickerchen brauchst?"

Er nickt. „Warum machst du dann kein Nickerchen?"

„Weil ich mich um dich kümmere, Dummerchen", antworte ich mit einem Lächeln und kitzle ihn. Er lacht und sieht weiter seine Sendung an, die Unterhaltung vergessend. Ich lächle vor mich hin und setze mich neben ihn auf die Couch. Oh, wieder in diesem Alter zu sein und keine einzige Sorge auf der Welt zu haben. Es wäre pure Glückseligkeit.

Aber würde ich zurückgehen? Würde ich das, was ich mit Kane getan hatte, für die erneute Unschuld der Kindheit eintauschen? Würde ich dieses Leben eintauschen, um es von neuem anzufangen? Ich blicke hinüber zu Troy, der an seinem Saft trinkt und realisiere, dass es meine Entscheidungen sind, die mich hergebracht haben, mit diesem kleinen Jungen zu sitzen und Cartoons auf der Couch anzusehen.

Nein, denke ich, *ausgeschlossen, dass ich zu irgendeinem Teil davon zurückkehren würde.*

Ich mag es hier, und wenn es nach mir geht, dann bleibe ich hier.

KAPITEL 10

„D as hat ein wenig länger gedauert als normal", sage ich mit einem Lächeln, als Emily die Treppe wieder runterkommt. Sie nickt und sieht über ihre Schulter mit einem Seufzen zu den Stufen.

„Manchmal ist er so erschöpft vom Tag, dass er sofort einschläft, und andermal denke ich, dass ich bis in die frühen Morgenstunden dort sitzen werde. Gott sei Dank ist er endlich zur Ruhe gekommen, aber er war heute Morgen früh wach und hat den Großteil des Tages damit verbracht, draußen zu spielen." Sie setzt sich an den Tisch und legt ihre Hände um ihre Teetasse, auf die dunkle Flüssigkeit hinabblickend.

Ich kann nicht anders, als zu denken, wie wunderschön sie aussieht. Es gibt so viele Dinge, die ich ihr sagen will, aber ich kann mich nicht überwinden, die Worte auszusprechen. Sie räuspert sich, den Augenkontakt mit mir meidend, und als sie endlich aufsieht, ertappe ich mich dabei, wie ich den Blick senke.

„Was ist?", fragt sie.

„Es ist nur, dass du so gut zu meinem Sohn bist. Ich hoffe, du weißt, wie sehr ich das schätze", antworte ich.

Sie lächelt. „Es hat eine Weile gedauert, um herauszufinden, wie man am besten mit seinem Gemüt umgeht, aber ich denke, wir haben es jetzt raus."

„Emily, ich kann dir nicht sagen, wie sehr du diesen Ort in der kurzen Zeit, die du hier bist, verändert hast. Du hast wirklich etwas bewegt. Ich kann es kaum in Worte fassen. Nicht nur bei Troy, sondern auch bei mir. Ich weiß, dass es vielleicht von mir ein wenig persönlich klingt, aber ich habe das Gefühl, dass du die aufrichtigste Person bist, die ich je kennengelernt habe. Du bist nichts als offen und ehrlich im Umgang mit meinem Sohn—und mit mir—gewesen. Es fühlt sich an, als könnte ich dir mit so ziemlich allem auf der Welt vertrauen." Ich nehme einen Schluck von meinem Tee, und sie lächelt, lässt aber erneut ihren Blick sinken.

Zwischen uns entsteht ein Moment der Stille, und ich beginne mich zu fragen, ob ich zu viel gesagt habe. Ich möchte ihr keine Angst machen oder ihr ein unbehagliches Gefühl vermitteln, aber irgendetwas daran, in ihrer Nähe zu sein, lässt mich so frei fühlen. Ich fühle mich, als könnte ich in ihrer Nähe ich selbst sein und ihr alles anvertrauen.

„Na ja, danke. Ich bin froh, dass ich so gut reingepasst habe. Es klingt, als hätten Sie einige Kindermädchen durch", meint sie letztendlich. Ich entspanne mich ein wenig, wenn auch nicht völlig.

„Du hast keine Ahnung, wie schwer es war, jemanden zu finden, der hierbleiben kann. Ich verstehe, dass Troy manchmal schwierig sein kann, aber ich denke, er hat nur jemanden gebraucht, der ihn versteht. Jemand, der sehen kann, dass er nur ein kleiner Junge mit starken Emotionen ist, und ihm helfen will. Jemand wie du." Ich lege meine Hand auf ihre, und obwohl sie angespannt ist, zieht sie sie nicht weg.

Ich versuche zu lesen, was ihr Körper mir sagt. Ich kann sehen, dass sie nervös ist, aber nichts an ihr sagt mir, dass ich aufhören soll. Sie genießt meine Berührung eindeutig, aber da ist etwas, das ausstrahlt, dass sie sich nicht so fühlt, wie sie sollte.

Tausende Gedanken schießen mir durch den Kopf. Ich möchte

ihr versichern, dass es in Ordnung ist, zu fühlen, was sie fühlt, aber ich möchte sie ebenfalls wissen lassen, dass es auch in Ordnung ist, wenn sie nicht möchte, dass ich sie berühre.

Ich möchte sie wissen lassen, dass sie sicher ist und ich sie nie zu etwas drängen würde, das sie nicht will.

Ich will gerade meine Hand wegziehen, als sie plötzlich aufsieht und sich nach vorn lehnt, um ihre Lippen auf meine zu pressen. Ich schließe die Augen, als sie ihre schließt, und hebe meine Hand an ihr Gesicht, wo ich ihren Hinterkopf halte, während sich unsere Lippen aufeinander bewegen. Sie lässt ihre Zunge in meinen Mund gleiten, wie sie es zuvor getan hat, was mir Schauer durch den ganzen Körper laufen lässt.

Ich weiß, dass sie jung ist, aber ich weiß trotzdem nicht, wie sie mich auf so perfekte Weise berühren kann. Unser Kuss wächst an Leidenschaft, und ich kann meine Erregung den Stoff meiner Hose strapazieren spüren. Ich möchte von meinem Stuhl aufspringen und sie in die Arme nehmen. Ich möchte sie über den Tisch beugen und sie mir zu Willen machen, aber ich möchte sie auch wieder in mein Bett bringen. Sie auf eine weiche Oberfläche legen und sie genießen.

Ein Teil von mir war enttäuscht, dass sie die Laken an dem Tag, nach dem wir Sex hatten, gewaschen hat. Auch wenn ich verstehen kann, warum sie vielleicht das Bedürfnis verspürte, sicherzustellen, dass es für mich am nächsten Abend sauber war, wollte ich sie auf den Kissen riechen können.

Sie stöhnt leise, und ich vertiefe den Kuss weiter. Sie nimmt meine Unterlippe in den Mund und zieht daran, sie mit einem sinnlichen Lächeln loslassend. Für einen Moment halten wir Augenkontakt, und ich will gerade zu einem neuen Kuss ansetzen, als sie plötzlich einen tiefen Atemzug nimmt und ihre Hand auf meine Brust legt, um mich dort zu halten, wo ich bin.

„Es tut mir leid, ich bin wirklich müde und denke, ich gehe jetzt ins Bett", sagt sie, während sie vom Stuhl aufsteht und ihre Tasse nimmt.

Mit einem unerträglichen Gefühl im Magen greife ich ihre Hand. „Emily, ich wollte dich nicht drängen, es tut mir leid."

„Nein, nein, nein. So ist es nicht. Ich brauche nur etwas Schlaf, das ist alles." Sie schenkt mir ein warmes Lächeln und geht zurück in die Küche, mich allein mit dem Rest meines Tees am Tisch zurücklassend.

Ich fühle die Anspannung in meiner Brust wachsen und möchte mit der Faust auf den Tisch schlagen. Ich weiß nicht, warum ich es mit Frauen so schwer habe, oder warum diejenigen, an den ich interessiert bin, immer vor mir zurückweichen. Ich wollte ihr nicht zu nahe treten, und auch wenn sie mir sagt, dass alles in Ordnung ist, kann ich mir vorstellen, dass ich etwas Falsches getan haben muss, damit sie so plötzlich zurückgewichen ist.

So bin ich normalerweise nicht mit Frauen. Gewöhnlich habe ich die Oberhand und muss mich nicht in Frage stellen. Wenn sie mich nicht wollen, dann ist das okay für mich, also was ist es an der Frau, das in mir Selbstzweifel auslöst?

Ich umfasse meine Tasse ein wenig zu fest und löse meinen Griff schnell, als sie ins Zimmer zurückkommt. Ich bin erleichtert, dass sie meine weißen Fingerknöchel nicht zu bemerkt haben scheint, während sie für eine Sekunde im Türrahmen verweilt, die Hände in den Gesäßtaschen, und ihre Brüste sehen großartig aus in dem hellen Cardigan, den sie über dem T-Shirt darunter trägt.

Im Moment kann ich mich nicht daran erinnern, wie alt sie genau ist, aber ich realisiere, dass eine Frau jeden Alters mit Leichtigkeit in einem Cardigan gut aussehen kann, wenn sie ihn nur mühelos genug trägt.

„Gehst du dann ins Bett?", frage ich mit hochgezogenen Brauen. Ich möchte sie nicht unter Druck setzen, aber ich möchte auch jegliche Spannung zerstreuen, die durch das soeben Geschehene möglicherweise entstanden ist. Ich wünschte, dass ich nicht so viel Rätselraten müsste, besonders wenn sie direkt vor mir steht und mich ansieht.

Was ist mit dem Kane passiert, der in jeder Situation immer cool, ruhig und gefasst ist?

„Tue ich, und ich wollte dir nur sagen, dass du ebenfalls die ehrlichste Person bist, die ich kenne. Ich weiß nicht, was ich ohne dich tun würde, und zum ersten Mal in meinem Leben habe ich das Gefühl, jemanden getroffen zu haben, bei dem ich ich selbst sein kann. Das hatte ich noch nie zuvor." Sie nimmt einen tiefen Atemzug, bevor sie fortfährt. „In der Vergangenheit hat mich jeder immer für irgendeine Sache verurteilt, und es ist schön zu wissen, jemanden gefunden zu haben, der mich für die sieht, die ich bin, und der mich mit Respekt behandelt."

Sie zögert, und ich bekomme den Eindruck, dass sie noch mehr sagen will, aber sie überlegt es sich in der letzten Sekunde anders. „In Ordnung, das wollte ich dich nur wissen lassen. Gute Nacht."

„Gute Nacht", antworte ich, als sie durch das Zimmer geht. Sie behält die Hände in ihren Gesäßtaschen auf ihrem perfekten Hintern, bis sie die Treppe erreicht. Dann nimmt sie sie heraus und fährt beim Hochgehen mit einer Hand über das Geländer—ich war noch nie zuvor auf ein Stück Holz eifersüchtig. Sie tritt so sanft auf, dass sie auf ihrem Weg in den ersten Stock kein Geräusch macht. Erneut bin ich allein mit meinen Gedanken.

Komm schon, Kane, du musst dich zusammenreißen, sage ich mir. *Du hast nur eine Chance mit diesem Mädchen, und du magst vielleicht das Gefühl haben, dass du keine Ahnung hast, was du tust, aber wir scheinen bisher auf der gleichen Wellenlänge zu sein. Versau das nicht.*

Ich lasse die Gedanken kommen und gehe mein Gehirn durch, im Versuch, sie nicht außer Kontrolle geraten zu lassen, wie sie es so oft tun. Ich muss einen Teil meines Selbstvertrauens wiedererlangen, wenn ich mit diesem Mädchen irgendwo hinkommen will, und ich weiß es. Ich mag durch meine untypische Verwirrung vielleicht erschüttert sein, aber sie muss nicht wissen, dass ich innerlich stolpere.

Ich werde ihr einmal mehr den selbstsicheren Kane zeigen und sie zu mir kommen lassen. Immerhin mögen Frauen es, wenn man ihnen nachjagt, aber sie haben immer langsam genug gemacht, damit ich sie einholen kann, wenn mir die Verfolgungsjagd langweilig wird. Ich weiß, dass ich diese will, aber ich kann mich nicht im Rennen verlieren, um sie zu bekommen.

Sie ist ein guter Fang, und mit der Zeit werde ich sie mir zu eigen machen.

Egal, was es kostet, sie *wird* mein sein.

11

KAPITEL 11

I ch drehe mich auf den Rücken und starre mit einem Seufzen zur Decke empor. Ich bin erschöpft, aber der Schlaf meidet mich. Je mehr ich versuche, meine Probleme zu vergessen und in die Seligkeit der Träume zu entfliehen, desto mehr bemerke ich, dass ich einfach nicht einschlafen kann.

Kane ist in meinen Gedanken. So sehr ich es auch probiere, ihn hinaus zu zwingen, sein Bild ist hartnäckig. Ich möchte Trost von dem Drama in meinem Kopf finden, aber es verwandelt sich in einen Sturm, den ich nicht ignorieren kann, und ich bin nicht sicher, was ich dagegen tun kann.

Ich möchte meine beste Freundin zuhause anrufen, aber ich weiß, dass das ihr gegenüber unfair wäre. Wenn ich sie jetzt anrufe, dann wäre sie sauer, weil ich einfach verschwunden bin.

Ganz abgesehen davon, dass ich nicht weiß, ob die Polizei von ihrer Verbindung zu mir weiß oder ob sie irgendwie ihr Handy überwachen. Ich habe die Nachrichten erneut gemieden, und je mehr ich dies tue, desto paranoider werde ich. Ich weiß, dass ich die Sache im Auge behielte, wenn ich clever wäre, aber ich bringe es einfach nicht über mich, alle paar Tage mein Gesicht auf dem Bildschirm zu sehen, mit all meinen Daten für die Welt da draußen sichtbar.

Ich lasse sie nie lange genug an, um herauszufinden, ob sie als vermisste Person oder in Bezug auf einen Mord nach mir suchen. Jedes Mal, wenn es läuft, nehme ich automatisch an, dass sie nach einem Mörder suchen, und ich weiß nicht, was ich unternehmen soll.

Ein Teil von mir möchte wissen, was vor sich geht. Ich möchte fähig sein zu wissen, ob ich in die Öffentlichkeit gehen kann und mir keine Sorgen darum machen muss, dass mich jemand erkennt, oder ob ich weiterhin mit dieser konstanten Paranoia leben muss. Aber ich kann mich nicht dazu durchringen, es zu tun. Der letzte Mensch, von dem ich möchte, dass er die Wahrheit über mich herausfindet, lebt unter demselben Dach wie ich.

Und da liegt das Problem. Meine Gedanken diskutieren miteinander hin und her im Versuch zu klären, ob ich einfach die Wahrheit sagen sollte oder nicht. Ich kann die Stichhaltigkeit in beiden Argumenten sehen.

Du kannst ihm die Wahrheit nicht sagen? Wenn du das tust, wird er wissen, dass du ihn angelogen hast, und was wird er dann von dir denken? führen meine größten Ängste an. *Wie kannst du es wagen, ihm dieses große, ausgeklügelte Märchen zu erzählen, dass du einfach mit Kindern arbeiten möchtest, um eingestellt zu werden, nur um ihm später zu sagen, dass du dir das Ganze ausgedacht hast!*

Mein Magen dreht sich bei dem Gedanken um. Er war immer nett zu mir, aber ich muss zugeben, dass ein Teil von mir ein wenig von ihm eingeschüchtert ist. Ich wünschte, ich könnte sehen, was in seinem Kopf vor sich geht, aber er ist die meiste Zeit eiskalt und still. Ich habe nicht den Eindruck, dass ich nicht auf ihn zugehen kann, aber ich fühle mich so, als könnte ich ihm nicht sagen, was mir auf dem Herzen liegt. Andererseits ist da die andere Seite der Diskussion, die mich einfach nicht in Frieden lässt.

Du kannst dieses Geheimnis nicht für den Rest deines Lebens für dich behalten. Was wirst du tun? Für immer das Kindermädchen dieses Kindes sein? Kinder werden groß, und Troy wird kein Kindermädchen mehr brauchen, wenn er ins Schulalter kommt. Im besten Fall bleibt dir noch ein Jahr, um das aufrechtzuerhalten. Und dann was?

Und dann was ist genau richtig. Werde ich mit dieser falschen

Identität weitermachen, die ich erstellt habe? Werde ich durch mein Leben gehen, unfähig, einen neuen Führerschein zu bekommen oder mich für einen richtigen Job zu bewerben, weil ich nicht beweisen kann, dass ich bin, wer ich zu sein behaupte?

Wem mache ich etwas vor? Ich bin nicht, wer ich behaupte zu sein. Emily ist eine ausgedachte Identität. Mein Name ist Mercedes Gravage, und ich kann mich nicht ewig vor dieser Tatsache verstecken.

Ich drehe mich auf die Seite und ziehe mir das Kissen über das Ohr, es auf meinen Kopf drückend und meine Augen so fest schließend, wie ich kann. Ich möchte die Gedanken aussperren, aber sie sind in meinem Kopf und wollen nicht leiser werden.

Er wird es früher oder später herausfinden, und es wäre besser, wenn es von mir käme. Selbst wenn er wütend wird, wird er es wenigstens nicht von jemand anderem erfahren.

Ich seufze und drücke mir das Kissen härter als zuvor aufs Ohr. Ich weiß, dass ich kein logisches Argument finden kann, das über längere Zeit überzeugt. Ich kann mich nicht davon überzeugen, dass es besser ist, mich für den Rest meines Lebens hinter dieser falschen Identität zu verstecken. Klar, es gibt Menschen, die es getan haben, aber was tun diese Leute, wenn sie sich verlieben?

Was sage ich da? Bin ich in Kane verliebt? Ich bekomme seinen Körper nicht aus dem Kopf. Ich bekomme sein Gesicht nicht aus dem Kopf. In der Dunkelheit ist seine Stimme eines der einzigen Dinge, die ich hören kann, die mir sagt, dass er mir alles erzählen könnte. Wie kann ich ihm die Wahrheit erzählen, wenn er das von mir denkt?

Alles, was er über mich weiß, wird zusammenbrechen, und er wird wütend sein.

Das stimmt. Du kannst es ihm nicht sagen. Wenn du das tust, wird er vielleicht sauer genug sein, um direkt zur Polizei zu gehen. Was, wenn er denkt, er hat die ganze Zeit sein Kind mit einer Mörderin allein gelassen? Dieser Gedanke lässt mich zusammenzucken.

Nein! Mercedes! Du kannst das nicht länger machen. Wenn er es früher oder später sowieso herausfinden wird, dann besser früher, und besser aus deinem Mund. Ich weiß, dass das Loch, das ich für mich schaufle, umso größer sein wird, je länger ich das laufen lasse. Wenn ich die Wahrheit sage, werde ich es bald tun müssen, bevor es noch mehr aus dem Ruder gerät.

Ich spüre die Tränen, die mir in die Augen treten, und ich wische sie wütend mit dem Handrücken weg. Ich war nie die Art Mädchen, die unter Druck gut klarkommt. Ich hatte Träume und Sehnsüchte gehabt, war aber nie mutig genug gewesen, um ihnen nachzugehen. Wäre nicht die Angst gewesen, ins Gefängnis zu wandern, hätte ich nicht einmal den Arsch in der Hose gehabt, um aus Kalifornien wegzulaufen, wie ich es getan hatte.

Nein, das ging jetzt schon lange genug vor sich. Es ist mir klar, dass er begonnen hat, stark für mich zu empfinden—genau wie ich für ihn—und ich kann ihn mich nicht weiter für jemanden halten lassen, der ich nicht bin. Ich wäre mehr verletzt, als ich es in Worte fassen könnte, wenn er mir das antäte, und ich bin nicht die Art Mensch, die eine Lüge wie diese bei einem Menschen, der mir wichtig ist, aufrechterhalten kann.

Wenn irgendeine Chance besteht, dass wir zusammenkommen, dann werden es Kane und Mercedes Gravage sein müssen, nicht Emily.

Ich trockne mir die Augen und lege mich erneut auf den Rücken, in die Dunkelheit starrend. Ich weiß, dass ich die Wahrheit sagen muss, aber ich weiß nicht, wie es vor ihm zur Sprache bringen soll. Mit jedem Tag, der vergeht, habe ich das Gefühl, dass mir die Zeit davonläuft. Ich muss es bald tun.

Wird er wütend sein? Auf jeden Fall. Aber was ist schlimmer, dass er herausfindet, dass ich ihn die ganze Zeit angelogen habe, oder dass er herausfindet, dass ich aus gutem Grund gelogen habe und die Wahrheit gesagt habe, sobald ich ihm vertraut habe?

Ich weiß es nicht, aber ich kann so nicht weitermachen. Ich werde noch verrückt, wenn ich das tue.

Ich muss ihm die Wahrheit sagen.

12
———

KAPITEL 12

„Guten Morgen Missy! Ich hoffe, es geht Ihnen heute gut", sage ich vergnügt, als ich am Montagmorgen ins Büro komme.

Sie nimmt einen Schluck von ihrem Kaffee, während ich eintrete, und sie sieht so überrascht zu mir auf, dass sie ihn fast ausspuckt. Sie erholt sich, schluckt so schnell sie kann die vermutlich kochend heiße Flüssigkeit und wirft mir einen Blick zu. „Jemand ist heute Morgen in guter Stimmung. Was ist mit Ihnen passiert? Endlich gefunden, was im Leben wichtig ist?"

„Tatsache ist, ich glaube, dass ich das habe", gebe ich zurück. Ich weiß, dass sie schnippisch zu mir ist. Ich habe all ihre Annäherungsversuche seit eh und je ignoriert, und ich kann nicht abstreiten, dass sie jetzt einen Grund zur Eifersucht hat, wenn sie sich immer noch vorstellt, dass da irgendetwas zwischen ihr und mir sein könnte.

Ich war zuvor schon nicht bereit, irgendetwas mit ihr zu riskieren —nicht, dass ich je interessiert war—und ich werde jetzt mit Sicherheit nicht das riskieren, was ich mit Emily habe, nur um die unerwiderte Begierde meiner Assistentin zu befriedigen. Ich bin nicht sicher, ob ich das, was ich für Emily fühle, Liebe nennen kann, aber was auch immer es ist, es hat mir eine neu entdeckte Zuversicht in all meinen Lebensbereichen gegeben. Und dafür werde ich kämpfen und es so lange festhalten, wie ich kann, sollte Missy doch verdammt sein.

„Und was mag das sein, wenn ich fragen darf?", drängt sie, aber ich ignoriere ihre Neugier, während ich durch die Papiere auf dem Tisch blättere. Morgens wartet dort immer ein Stapel auf mich, aber normalerweise warte ich immer, bis ich in der Ungestörtheit meines eigenen Büros bin, um sie durchzusehen. Heute ist es mir egal, wenn jemand mit mir redet.

Ich bezweifle, dass sie das tun. Die meisten derjenigen, die für mich arbeiten, haben gelernt, mich nicht ohne wirklichen Grund zu belästigen, aber meine Stimmung ist gut genug, dass ich kein Problem mit der Unterbrechung hätte, würden sie sich dazu entscheiden.

„Nun, ich verpasse Ihrer Stimmung nur ungern einen Dämpfer, aber Ihre Ex-Frau hat angerufen und sagt, sie möchte sofort mit Ihnen sprechen." Missy nimmt einen weiteren Schluck ihres Kaffees, und ich kann ihre Verärgerung in ihrem Verhalten spüren. Es muss sie umbringen, nicht zu wissen, wovon ich spreche, und ich muss zugeben, dass ich es genieße.

„Hat sie gesagt, worum es geht?", frage ich. Ich kenne die Antwort bereits, aber ich nehme an, dass ich für Missy auch genauso gut einen auf dumm machen kann. Wie ich mag sie es, Informationen zurückzuhalten, so lange sie kann, und wenn es irgendeinen Weg gibt, um damit durchzukommen, dann tut sie das.

„Naja, Sie kennen Cheryl. Sie hat mir gesagt, es sei dringend, und dass Sie sich bei ihr melden sollen, sobald Sie hier sind. Ich habe gefragt, ob ich eine Nachricht für Sie annehmen kann, und sie hat mir gesagt, wenn sie mir eine gäbe, würden Sie entscheiden, ob es das wert ist, sie zurückzurufen oder nicht, also lehnte sie ab." Missy zieht ihre Augenbrauen hoch, während sie all das berichtet, und ich kann nicht anders, als mich zu fragen, ob sie die Wahrheit erzählt oder nicht.

Ich weiß, dass Missy liebend gern Informationen für sich behalten würde, wenn sie könnte, aber dies zu tun würde sie ebenfalls ihren Job kosten. Auf der anderen Seite habe ich das Gefühl, dass es eines der ersten Dinge aus Missys Mund wäre, wenn Cheryl zu ihr irgendetwas über das Verklagen der Firma sagen würde.

„In Ordnung, nun gut, senden Sie mir die Nachricht in mein Büro, und ich werde sie mir selbst anhören, bevor ich sie anrufe. Wir reden später." Ich schnappe mir die Papiere und gehe in mein Büro, wobei mein Herz anfängt, in meiner Brust schneller zu schlagen.

Ich habe neue Zuversicht, die ich bitterlich brauche, um mit meiner Ex umzugehen, aber ich hasse immer noch den Gedanken, mit ihr reden zu müssen. Es gibt nichts, was ich mit ihr diskutieren will, und ich weiß, egal wie die Unterhaltung läuft, ich werde wütend sein, wenn ich auflege. Aber wenn ich sie nicht zurückrufe, wird es ein noch dickeres Ende geben, also kann ich es auch genauso gut hinter mich bringen.

Ich höre mir die Nachricht an, und sie ist so, wie Missy gesagt hat. Sie gibt mir keine wirklichen Details, sie meint nur, dass ich sie so schnell wie möglich anrufen muss. Ich weiß, dass es nichts allzu Dringendes sein kann, aber ich entscheide, dass ich es schnell erledigen will.

Sie nimmt beim ersten Klingeln ab.

„Ich sehe, du kommst später als gewöhnlich ins Büro. Gibt es da irgendetwas, worüber ich Bescheid wissen sollte?" Die ersten Worte aus ihrem Mund lassen mich zusammenzucken.

„Zum Beispiel das, was ich letzte Nacht getan habe? Ich wüsste nicht, dass ich eine Ausgangssperre habe", antworte ich knapp.

„Ich meine, ob es jemanden gibt, der dich länger beim Frühstück verweilen lässt", drängt sie.

„Was geht's dich an, wenn es so wäre? Du bist mit jemandem weggelaufen, bevor wir überhaupt geschieden waren, und du hast seither immer noch keine Zeit für deine Familie gefunden, also wen interessiert's, wenn ich jemanden finde, den ich liebe?", frage ich. Ich möchte ihr keine Informationen preisgeben, aber ich lasse sie gerne ein wenig weiter Rätselraten.

„Blake ist jetzt meine Familie, und Troy auch, wenn du aufhören würdest, deswegen so ein Scheißkerl zu sein", faucht sie.

„Ich habe dir von Anfang an gesagt, du sollst zu Troy kommen, aber du warst zu beschäftigt damit, meinen besten Freund zu vögeln, um dich um unseren Sohn zu kümmern." Ich spreche mit so trockenem Ton wie irgend möglich. Ich weiß, dass ich bei ihr auf dünnem Eis bin, aber ich habe keine Angst davor, es darauf ankommen zu lassen und mein Glück herauszufordern. Sie kann so sauer werden, wie sie will, aber ich werde nicht derjenige sein, der es ertragen muss.

„Ich habe versucht, meinen Sohn zu sehen, aber du lässt mich nicht. Darum geht es in dieser verdammten Diskussion", feuert sie zurück.

„Nein, du versuchst, mehr Geld in die Hände zu kriegen. Du benutzt ihn als Pfand, und du bist beleidigt, dass es nicht funktioniert. Glaub mir, Cheryl, so lange mit dir verheiratet zu sein, hat mir gezeigt, wie du agierst", antworte ich.

„Du hast eindeutig keine Ahnung, wie ich agiere. Ich habe dir bereits gesagt, dass ich ein Teil von Troys Leben sein werde, und wenn du nicht kooperierst, kannst du erwarten, dass dein fragwürdiges Geschäft der Welt preisgegeben wird. Ich werde nicht danebenstehen und dich auf mir herumtrampeln lassen, wie du es mit dem Rest der Welt machst", keift sie.

Normalerweise würde ich in die Defensive gehen, ihr sagen, dass ich mir etwas überlege, um die Sache aufzuklären. Diesmal allerdings bin ich ihre Drohungen leid. Wenn es darum geht, alleiniges Sorgerecht für Troy zu bekommen, ist alles, was ich brauche, eine beständige Frau in Troys Leben. Ich weiß, dass der Richter aus diesem Grund mit Cheryl letztes Mal nachsichtig war, und ich weiß, dass er es aus diesem Grund diesmal nicht sein wird.

Also lache ich.

„Was zur Hölle findest du so lustig?", fragt sie. Ich kann die Wut in ihrer Stimme ansteigen hören, als wäre sie nicht bereits wütend genug.

„Du und deine Drohungen, Cheryl. Denkst du wirklich, dass indem du mich anrufst und mir sagst, du würdest mich als Betrüger enttarnen, um an meinen Sohn zu kommen, du irgendetwas anderes tust, als ihn umso mehr von dir fernzuhalten? Du bist diejenige, die uns hat sitzen lassen, und jetzt musst du damit leben. Troy verdient jemand Beständiges in seinem Leben, und ich weiß nicht, ob du vom einen Tag auf den anderen überhaupt im gleichen Land sein wirst wie er." Ich nutze meine herablassendste Stimme.

Ich schere mich nicht mehr darum, was sie dazu zu sagen hat. Ich habe mich entschieden, und sie kann machen, was sie will. Ihre Drohungen machen mir keine Angst. Ich erwarte von ihr, dass sie explodiert, flucht und mich anschreit, allerhand Drohungen darüber ausspricht, was sie tun wird, wenn ich ihren Forderungen nicht nachkomme.

Ich bereite mich auf das Schlimmste vor und warte auf die Explosion. Aber zu meiner Überraschung kommt sie nicht. Stattdessen beginnt sie zu lachen. Sie lacht dasselbe mechanische, trockene Lachen, welches ich gegen sie benutzt habe, und jetzt kann ich fühlen, wie meine Nackenhaare beginnen sich aufzustellen. Ich habe hier die Oberhand, und wir beide wissen das. Sie selbst hat nichts. Es ist mir egal, was sie sagt. Ich werde nicht nachgeben.

„Oh, Kane. Du denkst immer, dass du uns allen einen Schritt voraus bist, oder nicht? Nun, du wirst dich noch fein umgucken, mein Freund. So sehr du es auch liebst, es anzusprechen, scheinst du zu vergessen, dass ich mit deinem langjährigen Geschäftspartner abgehauen bin. Er war von Anfang an direkt an deiner Seite, wie ich mich erinnere", sagt sie, und ich raste aus.

„Du musst mich nicht daran erinnern, dass du leicht zu haben und er schwach ist, Cheryl. Das ist etwas, woran ich jeden Tag denke", gebe ich zurück. Sie lacht erneut.

„Wenn du auch nur halb der Mann wärst, der Blake ist, wärst du fähig gewesen, mich zu halten. Und das ist der Grund, aus dem du auch diese Entscheidung bereuen wirst. Ich habe dir gesagt, dass ich meinen Sohn sehen will, und trotzdem machst du mir weiterhin das Leben schwer. Das ist deine Entscheidung, zugegebenermaßen, aber eine schlechte. Ich habe dir gesagt, dass ich das nicht auf mir sitzen lasse, und ich kann dir versprechen, dass ich mich vehement gegen dich einsetzen werde." Sie lacht weiter, und ich schlage mit der Hand auf den Tisch.

Sie hat endlich meinen Kampfgeist provoziert, genau wie sie es beabsichtigt hat, aber sie gibt mir keine Chance zu antworten. Bevor ich ein weiteres Wort rausbekomme, höre ich das Signal des beendeten Anrufs. Ich fluche, während ich wütend mein Handy auf den Tisch knalle—in genau dem Moment, in dem Missy hereinkommt.

„Ist wohl nicht so gut gelaufen, wie Sie dachten?", fragt sie mit einem Grinsen im Gesicht.

„Lassen Sie mich allein, Missy, ich habe Arbeit zu erledigen", schnauze ich sie an. Missy scheint nie zu realisieren, wie nah sie daran ist, aufgrund all dieser abfälligen Bemerkungen gefeuert zu werden. Sie wirft mir einen weiteren Blick zu und dreht sich um, um das Büro zu verlassen.

„Ich halte Sie darüber auf dem Laufenden, ob heute noch etwas von ihr reinkommt. So wie es aussieht, werden Sie noch mehr von ihr hören", meint sie beim Gehen. Sie sieht mich nicht an oder dreht sich um, also funkle ich ihren Hinterkopf an. Als ich mit meinen Gedanken endlich alleine bin, seufze ich.

Erst vor einer Stunde habe ich mich gefühlt, als könne ich Bäume ausreißen. Jetzt fühlt es sich an, als würde ein weiteres Mal alles um mich herum einstürzen. Und es gibt nichts, was ich dagegen tun kann. Dann kommt mir ein anderer Gedanke. Ich muss mich nicht mehr so fühlen. Ich kann die Kontrolle über mein Leben übernehmen. Ich habe jetzt Emily an meiner Seite, selbst wenn die Dinge zwischen uns momentan etwas unsicher sind, aber sie geht nirgendwo hin.

Es ist mir egal, was Cheryl denkt, das passieren wird. Soll sie doch einen Gerichtstermin ansetzen. Ich werde ihr ein für alle Mal die Stirn bieten.

Und ich werde gewinnen.

KAPITEL 13

Mein Herz setzt einen Schlag aus, als ich das Auto in der Auffahrt höre. Kane ist zuhause, und ich werde ihm die Wahrheit über mich erzählen.

Es wird nicht einfach werden, aber ich muss es tun. Ich habe keine andere Wahl. Nachdem ich mich den Großteil der Nacht hin und her gewälzt habe, weiß ich, dass es mich verfolgen wird, bis sich die Wahrheit letztendlich ohne mein Zutun offenbart, wenn ich ihm nicht alles erzähle. Und für mich sieht es nicht gut aus, wenn das passiert.

Troy ist bereits im Bett. Ich habe mich daran gewöhnt, dass Kane an den meisten Tagen länger arbeitet, und die Gewohnheit angenommen, sein Essen in den Ofen zu stellen, um es warmzuhalten, bis er von der Arbeit zurückkommt. Es ist wesentlich einfacher, einen Teller für ihn warmzuhalten und mich direkt um das Geschirr zu kümmern, als das Essen in den Pfannen auf dem Herd stehen zu lassen.

Ich wappne mich, als er ins Haus kommt, und nehme einen tiefen Atemzug, bereit dazu, ihm die Wahrheit zu sagen.

„Da bist du! Hab ich vielleicht Neuigkeiten für dich!", sagt er triumphierend beim Betreten des Zimmers. Ich sehe ihn überrascht an, und er lacht. „Du wirst nie erraten, was heute passiert ist."

„Was?", frage ich. Er scheint fröhlich zu sein, also weiß ich, dass es nichts mit mir zu tun haben kann.

„Ich habe Cheryl zum ersten Mal seit Ewigkeiten die Stirn geboten. Ich habe ihr gesagt, dass es mir egal ist, was sie wegen Troy unternimmt, ich werde gewinnen. Am Ende hat sie mich am späten Nachmittag angerufen und mir mitgeteilt, dass sie einen Gerichtstermin angesetzt hat, um es weiter zu besprechen, was, wie ich weiß, bedeutet, dass wir darüber streiten werden, wer ihn bekommt, aber dank dir habe ich keinerlei Zweifel darüber, wer gewinnen wird!" Er strahlt mich an, und ich lege eine Hand auf mein rasendes Herz.

„Dank mir?", frage ich skeptisch.

„Nach unserer Unterhaltung gestern Nacht habe ich mich heute Morgen so energiegeladen gefühlt. Mit dir in meinem Leben, mit der Unterstützung, die du mir gestern gezeigt hast, war ich fähig, ihr auf eine Art Paroli zu bieten, zu der ich mich zuvor nie hatte aufraffen können. Du hast keine Ahnung, wie gut sich das anfühlt, ernsthaft." Kane kommt zu mir und hebt mich in einer flüchtigen, festen Umarmung hoch, wobei er mich drückt, bevor er mich loslässt und sich an den Tisch setzt.

„Ich bin froh, dass ich helfen konnte", antworte ich leise. Er hat gerade den ersten Bissen von seinem Essen genommen, aber er grunzt und schüttelt den Kopf, einen Finger hochhaltend.

„Eigentlich gibt es da eine weitere Sache, die du für mich tun kannst", meint er, nachdem er schwer geschluckt hat. Er steht auf und kommt erneut zu mir, nimmt meine Hände in seine und blickt hinab in mein Gesicht. „Es würde mir wirklich viel bedeuten, wenn du im Gerichtssaal sein würdest, wenn ich gehen muss. Ich möchte, dass der Richter selbst sieht, dass Troy jetzt jemand Beständiges in seinem Leben hat, und dass ich das ohne die Hilfe dieser Frau hinbekomme."

Mein Herz setzt ein weiteres Mal einen Schlag aus. Ich möchte in keinem Gerichtssaal sein, aber zur selben Zeit hat mir nie zuvor jemand etwas dieser Art gesagt. Nie zuvor hat jemand so an mich geglaubt.

Das ist einer der Gründe, aus dem ich diesen Mann nicht aus dem Kopf bekomme. Er gibt mir das Gefühl, besonders zu sein, als wäre ich die Einzige, an die er sich wenden muss. Als würde er wirklich an mich glauben. Zum ersten Mal in meinem Leben kann ich ein Held sein, und ich kann diese Möglichkeit nicht vorbeiziehen lassen, ohne etwas zu tun.

„Ich werde da sein", erwidere ich mit Entschlossenheit in der Stimme. Für mich ist es genauso viel wie für ihn, und ich werde mein Wort halten. Er sagt nichts, stattdessen lehnt er sich nach vorne und presst seine Lippen fest auf meine, während seine Finger von meinen Händen hinab zu meiner Taille wandern, um sie zu umschließen.

Sofort greife ich sie an meinen Hüften, aber er küsst mich jetzt mit noch größerer Leidenschaft, und ich erwidere den Kuss. Ich stoße ein leises Stöhnen aus, die Erregung strömt durch meinen Körper. Ich kann bereits spüren, dass ich ihn brauche. Davon habe ich geträumt, seit wir das erste Mal Sex gehabt haben, und jetzt brauche ich ihn erneut.

Er lässt seine Hand sinken, öffnet meine Jeans und zieht sie mir aus, während ich das Gleiche mit seiner Hose tue. Seine Hand wandert zurück zu meinem Shirt, er zieht es nicht aus, aber weit genug nach oben, um meine Brüste zu entblößen. Ich trage einen meiner kleineren Halbschalen-BHs, und meine Brüste fallen beinahe heraus, so wie sie sich mit jedem Atemzug heben.

Er sinkt mit seiner Zunge dazwischen, und ich stöhne, wobei ich den Kopf nach hinten lehne. Dann hebt er mich auf die Anrichte, und ich sitze direkt auf der Kante, die Beine gespreizt, mich nach ihm sehnend.

Kane verschwendet keine Zeit damit, seine Boxershorts auszuziehen, dann tritt er einen Schritt nach vorne und presst sich an mich. Er sieht mich an, und keiner von uns spricht, als er tief in mich eindringt. Ich unterdrücke das Stöhnen, das mir entweichen will, da ich Troy nicht aufwecken möchte.

Er ist oben, aber ich weiß, dass meine Stimme auch dort hörbar ist, wenn ich zu laut bin. Aber Kane erneut in mir zu haben gibt mir das Gefühl, wieder ganz zu sein. Ich liebe das Gefühl von ihm in mir.

Er zieht fast komplett heraus und dringt dann ein weiteres Mal ein, hart. Wieder und wieder, stößt in mich und füllt mich, wieder und wieder, sodass ich vor Lust stöhne.

Ich lege meine Arme um ihn, um mit den Nägeln über seinen Rücken zu fahren. Seine Hände sind an meinem Hintern, er hält mich fest, während er sich immer schneller und schneller bewegt. Er legt eine seiner Hände auf meine Brust, und ich lehne mich nach vorne, um ihm in die Schulter zu beißen. Ich spüre die Hitze in mir aufsteigen, und ich weiß, dass es kurz vor dem Höhepunkt ist.

„Ich komme! Ich komme!" Ich schnappe nach Luft, als die Wellen der Lust durch meinen Körper strömen. Er ist direkt hinter mir. Fast zum gleichen Zeitpunkt, als ich zum Ende komme, dringt er ein letztes Mal in mich ein, härter als zuvor, und ich spüre, wie er in mir zuckt. Ich kann ihn pulsieren fühlen, als er sich in mir entleert, und eine weitere Welle der Wärme bricht sich über mir.

Für einen Moment steht er nur da, und ich halte mich an ihm fest. Wir beide keuchen, während wir wieder zu Atem kommen, dann zieht er sich aus mir zurück und zieht seine Boxershorts und seine Hose wieder hoch. Er hilft mir von der Anrichte, und ich lächle, räuspere mich und bringe meine eigene Kleidung wieder in Ordnung.

„Emily", sagt er, sanft mit den Fingerspitzen über meine Wange streichelnd. „Du weißt, dass ich alles schätze, was du für mich und meinen Sohn getan hast." Kane spricht mit leiser Stimme, und ich lächle erneut. Eine Stimme in den Tiefen meines Verstandes schreit mich an, ihm die Wahrheit zu sagen—mich von dieser Lüge loszureißen und ihn mein wahres Ich sehen zu lassen. Aber ich kann mich nicht dazu durchringen.

„Du hast für mich auch unglaublich viel getan", antworte ich leise. Ich möchte nicht ins Detail gehen, und ich habe Angst, dass die Wahrheit herauskommt, wenn er weiterbohrt. Er legt seine Hand unter mein Kinn und zwingt mich dazu, in seine erschreckend blauen Augen zu sehen, und für einen Moment fühlt es sich an, als könne er in meine Seele blicken.

„Emily, du verstehst nicht, wie viel du für uns beide getan hast. Ich kann dir nicht sagen, wie viel es mir bedeutet, zu wissen, dass du hier in meinem Zuhause bist", meint er. Ich lächle, senke aber den Blick, da mich Schuldgefühle überkommen.

„Ich gehe etwas Sauberes anziehen, bin gleich zurück", erwidere ich. „Du weißt, dass es mich glücklich macht, es zu tun."

Er lächelt warm und geht zurück zum Tisch, ich haste zum Fuß der Treppe, während sich die Emotionen in meinem Kopf schneller drehen, als ich mithalten kann.

Komm schon, Mercedes, du musst ihm die Wahrheit sagen. Je länger du das ziehst, desto schwerer wird es sein, wenn die Zeit gekommen ist.

Ich verbanne die Gedanken aus meinem Kopf und gehe mit immer noch vor Hitze glühendem Körper die Treppe hoch. Ich fühle mich so hin und her gerissen, und ich möchte keine Entscheidung treffen. Ich möchte fähig sein, mich in ihn zu verlieben und keine Komplikationen zwischen uns zu haben.

Aber der Mann, in den ich mich verliebe, ist Milliardär, ein wichtiger Mann mit wichtiger Firma, und ich bin niemand Besonderes. Um es noch schlimmer zu machen, bin ich auf der Flucht. Vielleicht bin ich eine Mordverdächtige. Egal wer ich bin, ich weiß, dass das zwischen uns nicht funktionieren kann.

Ich muss eine Entscheidung treffen—und zwar bald.

Vielleicht nach dem Gerichtstermin.

KAPITEL 14

D rei Wochen später

ICH ZIEHE den Rasierer über meinen Hals und sehe mich zufrieden im Spiegel an. Den Flur runter hilft Emily Troy dabei, sich fertig zu machen, um für den Tag zum Haus seiner Großmutter—meiner Mutter—zu gehen, während Emily und ich ins Gericht gehen. Es graut mir davor, Cheryl zu sehen, aber ich freue mich auf ihren Gesichtsausdruck, wenn ich gewinne.

Ich hege keinerlei Zweifel, für wessen Seite sich der Richter entscheiden wird. Mit all den gesammelten Beweisen gegen die Frau bezüglich ihrer Behandlung, oder eher Vernachlässigung, unseres Sohnes, plus der Tatsache, dass Emily jetzt beständig in unserem Leben präsent ist, weiß ich, dass es ein Kinderspiel wird. Ich mache mir überhaupt keine Sorgen über den Ausgang des Tages.

Ich muss sagen, dass ich mich im Großen und Ganzen darauf freue. Ich kann es nicht erwarten, mit all dem fertig zu sein und mit unserem Leben weiterzumachen.

„Daddy, Daddy! Wie sehe ich aus?", fragt Troy, als er aus meinem Badezimmer gerannt kommt. Er trägt seine Klamotten, aber ein wenig netter als das, was er tragen würde, wenn er den Tag zuhause verbrächte. Ich lasse ihn nie zu meiner Mutter gehen, ohne dass er etwas Nettes trägt. Ich wurde so erzogen, und ich werde meinen Sohn noch besser erziehen.

„Bist du sicher, dass er so schick sein muss, wenn er den ganzen Tag spielen wird?", fragt Emily, als sie nach ihm den Raum betritt. Ich trage kein Shirt, und ich bemerke, wie ihre Augen von meinem Gürtel bis nach oben zu meinem Gesicht wandern. Ich lächle vor Zufriedenheit und sehe, wie ihre Wangen rot werden, während sie den Blick abwendet.

„Meine Mutter ist einer der kultiviertesten Menschen, den du je kennenlernen wirst. Wenn sie sich vorstellen kann, dass ein Kind es bei Walmart trägt, dann will sie meinen Sohn nicht darin sehen", erkläre ich. Ich kann sehen, dass sie nicht überzeugt ist, aber sie wird nicht mit mir diskutieren.

„In Ordnung, aber ich kann mir nicht vorstellen, dass es sehr sauber bleiben wird, wenn er den ganzen Tag darin spielt, und ich kann nicht dafür garantieren, dass ich die Flecken rausbekomme. Ich bin keine Textilreinigerin, ich bin Kindermädchen", antwortet sie. Troy rennt aus dem Zimmer, herumrufend, dass er den Tag mit seiner Großmutter verbringen wird, und ich nutze die Möglichkeit, um sie für einen Moment zu halten.

Obwohl unsere Beziehung sehr körperlich geworden ist, sind wir beide darauf bedacht, es vor Troy geheim zu halten. Ich möchte nicht, dass es für ihn verwirrend wird. Auch wenn es momentan gut für uns läuft, weiß niemand, was die Zukunft bereithält, und Tatsache ist, dass ich weiß, dass dieses Mädchen zuallererst das Kindermädchen meines Sohnes ist.

Ich werde nichts tun, das ihre Beziehung zu Troy gefährdet.

„Ich finde, du siehst wunderschön aus, ehrlich gesagt", bemerke ich, während ich sie in den Armen halte. Zuerst war es ihr unangenehm, wenn ich solche Dinge tat und sagte, auch wenn es offensichtlich war, dass sie es wollte. Ich weiß, dass sie wegen Troy vorsichtig ist, und sie möchte nicht diejenige sein, die ihm erklärt, was wirklich vor sich geht.

Aber jetzt liegt sie in meinen Armen, als gehöre sie dort hin. Sie möchte nicht gehen, als ich loslasse, und ich wünschte, wir könnten unsere Beziehung öffentlich machen.

„Danke. Ich kann nicht sagen, dass ich allzu begierig darauf bin, dort hinzugehen, aber ich möchte wenigstens so aussehen, als wüsste ich, was ich tue, wenn wir dort sind", sagt sie. Ich lache und drücke sie leicht.

„Keine Sorge, du wirst nichts tun müssen, außer zu bestätigen, dass das, was ich sage, der Wahrheit entspricht. Wenn der Richter fragt, was du hier getan hast, sag ihm einfach, dass du diejenige bist, die sich seit den letzten anderthalb Monaten um Troy kümmert. Stell sicher, dass er weiß, dass es keine Anzeichen von Cheryl gegeben hat, und das ist auch schon alles. Niemand wird dich um irgendetwas bitten, was du nicht tun willst." Ich möchte sie so ruhig wie möglich halte. Das Letzte, was ich will, ist, dass sie in letzter Sekunde kalte Füße kriegt und mich sitzen lässt.

Emily seufzt in meinen Armen, und ich drücke sie erneut, bevor ich loslasse. „Du weißt, dass du mir alles sagen kannst, oder?"

„Ich bin nur nervös, deine Ex-Frau zu treffen. Ich meine, ich weiß, dass niemand weiß, was wir tun, aber ich habe Sorge, dass es dich ruinieren würde, wenn es rauskäme. Weißt du?" Sie sieht zu mir auf, und ich winke ihre Sorge ab.

„Es ist kein Skandal, mit jemandem zu schlafen, so lange man keinen daraus macht. Keine Sorge, alles ist gut. Außerdem, wenn das aufkommt, würden sie nur mir hinterhergehen, nicht dir. Ich würde nie etwas tun, das dich in ein schlechtes Licht rückt", versichere ich ihr, so gut ich kann. Sie zwingt sich zu einem schwachen Lächeln, auch wenn ich sehen kann, dass sie immer noch nicht überzeugt ist.

„In Ordnung, ich mache mich fertig. Wir müssen früh dort sein, und wir müssen immer noch Troy bei meiner Mutter abliefern." Ich lächle, während ich sie umdrehe, und sie geht aus dem Zimmer, um Troy zu finden. Dann wende ich meine Aufmerksamkeit dem Badezimmer zu, wo ich mich mit einem Seufzen wieder vor den Spiegel stelle.

Ich weiß, dass sie recht hat. Es wird hart, Cheryl gegenüberzutreten, und ich kann mir nicht vorstellen, dass meine Ex begeistert sein wird, wenn ich mit einer anderen Frau auftauche. Ich habe in den letzten Wochen nicht viel mit ihr gesprochen, und ich weiß, dass sie etwas vermutet, sich allerdings nicht völlig sicher ist, was vor sich geht.

Ich lasse sie gerne im Dunkeln, sie muss nicht die Details über mein Privatleben wissen. Ich hoffe nur, dass sie Emily und mich vor Gericht nicht bezichtigt, miteinander zu schlafen; wahr oder nicht, es erscheint als etwas, was sie tun würde. Ich möchte nicht, dass Emily die Nerven verliert und etwas sagt, was sie nicht sagen sollte.

Immer langsam, Kane. Du lässt dich von deinen Gedanken verrückt machen, und das wird dich nirgendwo hinbringen. Nimm einen tiefen Atemzug und konzentrier dich. Der heutige Tag wird sich zu deinem Vorteil entwickeln.

Ich entspanne und denke es durch. Ich sollte mich auf das Gericht konzentrieren, aber mein Verstand ist immer noch bei Emily. Ich kann meinen Blick nicht von ihr abwenden, egal was sie trägt. Sie sieht aus wie eine Göttin, jedes Mal, wenn sie einen Raum betritt.

Wir haben in den letzten paar Wochen miteinander geschlafen, und ich möchte nicht, dass es aufhört. Ich muss zugeben, dass meine Gefühle für sie jeden Tag stärker werden, und ich möchte nichts mehr, als mit unserer Beziehung weiterzugehen. Ich muss mich oft daran erinnern, dass sie das Kindermädchen ist, und dass zwischen uns nichts vor sich geht außer der Tatsache, dass zwei Erwachsene den Körper des anderen genießen.

Aber so muss es nicht sein.

Der Sex ist der beste, den ich je hatte. Ich bin kaum fertig, bevor ich mich auf das nächste Mal freue, wenn wir zusammen sein können, und es ist eines der Dinge, die mich bei Vernunft halten, wenn es auf Arbeit hart wird.

Ich liebe ihren Körper. Ich liebe es, wenn sie sich um mich herum anspannt, und ich liebe die Geräusche, die sie macht, wenn ich ihr Vergnügen bereite.

Ich schüttle den Kopf, meine Gedanken in die Gegenwart zwingend. Ich muss mich auf heute und das, was wir mit Troy tun werden, konzentrieren. Ich weiß, dass ich als Sieger von dannen gehen werde, und ich werde Emily an meiner Seite haben, wenn es soweit ist.

Vielleicht können wir heute Nacht Sieges-Sex haben. Ich werde sie umhauen, sowohl mit meiner Zunge als auch mit meinem Schwanz. Ich lächle vor mich hin, während ich meine Krawatte hervorhole und sie mir um den Hals lege.

Ja, heute wird ein toller Tag.

In jeder Hinsicht.

KAPITEK 15

„Gib mir nur eine Sekunde, ich muss kurz verschnaufen", keuche ich, während ich versuche, Troys Schuhe zu binden. Er sieht mich an, als wäre ich verrückt, und ich zwinge ein Lächeln auf mein Gesicht.

„Warum bist du krank?", fragt er.

„Was meinst du?", antworte ich.

„Ich habe vorhin gehört, wie du dich übergeben hast", meint Troy schlicht.

Ich zucke zusammen. Ich habe gedacht, ich wäre leise gewesen, aber da unsere Zimmer so nahe beieinander sind, kann er mich wohl hören.

„Ich weiß nicht, Kumpel, vielleicht habe ich gestern Abend etwas gegessen, was ich nicht hätte essen sollen", erwidere ich mit einem Lächeln. Ich beeile mich mit dem Binden seines anderen Schuhs, dann setze ich mich auf und lege eine Hand auf meinen Bauch, während er aufsteht und beginnt, im Zimmer umherzurennen. Wir warten darauf, dass Kane herunterkommt, aber es fühlt sich wie eine Ewigkeit an.

Warum ist mir so schlecht? denke ich. Am Tag zuvor hatte ich nicht wirklich Appetit gehabt, und jetzt wo ich darüber nachdenke, den

Tag zuvor auch nicht. Es macht keinen Sinn.

Ich habe mir nichts von Kane und Troy einfangen können, beiden geht es gut.

Könnte ich meine Periode bekommen?

Warte, wann hatte ich das letzte Mal meine Tage? Mein Herz setzt einen Schlag aus, während ich zum Kalender gehe und durchblättere, wobei mein Herz schneller zu schlagen beginnt. *Wann war das letzte Mal?* Ich zähle mit angsterfüllter Brust. Ich sehe sofort, dass ich mehr als fünf Tage drüber bin.

Meine Tage sind *immer* pünktlich. Ich hätte es sofort bemerken müssen. Aber all die Dinge mit dem Gerichtstermin müssen mich wohl abgelenkt haben. *Ich muss einen Schwangerschaftstest machen.* Ich versuche, tiefe Atemzüge zu nehmen, mir sagend, dass ich zu vorschnell bin. *Ich sollte es so schnell wie möglich tun.*

„In Ordnung ihr alle, seid ihr fertig?", fragt Kane, als er die Treppe herunterkommt.

„Kannst du Troy zu deiner Mutter bringen? Mir ist gerade eingefallen, dass ich noch etwas besorgen muss", sage ich schnell. „Ich nehme ein Taxi zum Gericht."

Kane sieht mich mit verwirrtem Gesichtsausdruck an. „Ist alles in Ordnung?"

„Ja. Es geht mir nur nicht so gut, und ich dachte, ich hätte in meiner Handtasche etwas dafür, aber das ist nicht der Fall. Ich bin sicher, es sind nur die Nerven", lüge ich.

Er nickt. „In Ordnung, aber lass mich wissen, wenn du irgendetwas brauchst."

„Werde ich", antworte ich. Ich sehe erleichtert zu, wie er mit Troy durch die Tür geht. Mir ist schlecht, und ich weiß nicht, ob es an der Nervosität liegt oder weil möglicherweise ein Baby in mir heranwächst. So oder so, nur ein Schwangerschaftstest wird meine Gedanken beruhigen.

Ich laufe zur nächstgelegenen Tankstelle, schnappe mir ein Päckchen und bezahle schnell dafür. Ich meide den Augenkontakt mit jedem auf der Straße. Ich weiß, dass sie nicht wissen, was ich in meiner Tasche habe, aber ich habe das Gefühl, dass mich jeder anstarrt. Ich möchte sie anschreien, dass sie mich nicht kennen oder wissen, was ich durchmache, aber ich beiße mir auf die Zunge.

Es ist keine Zeit mehr dafür, zurück zum Haus zu gehen. Ich muss so schnell wie möglich zum Gericht. Nachdem ich ein Taxi gerufen habe, bin ich unterwegs. Ich kann mich kaum genug konzentrieren, um dem Fahrer zu sagen, wo ich hinmuss, und mein Herz hämmert weiterhin in meiner Brust, als wir vor dem Gebäude anhalten.

„Da bist du! Geht es dir besser?", fragt Kane, als ich reinkomme.

„Ein wenig, aber ich muss auf die Toilette, bevor wir anfangen", erwidere ich, das tapferste Lächeln aufsetzend, das ich hinbekomme. Es ist genug, um ihn davon zu überzeugen, dass es mir gut geht, und er entspannt sich sichtlich.

„In diese Richtung, aber bleib nicht zu lang. Wir fangen bald an", sagt er. Ich sehe, wie andere Leute in den Gerichtssaal gehen, und ich frage mich, welche von ihnen seine Ex-Frau sein könnte. Aber ich habe jetzt keine Zeit, mich darauf zu konzentrieren. Ich muss den Test machen und ein paar Antworten bekommen.

ICH SITZE auf der Toilette mit meinem Rock auf dem Boden an meinen Knöcheln. Ich starre den Test in meinen Händen an. Zwei grelle, pinkfarbene Linien bestätigen meine Sorge. Ich könnte den anderen Test machen, um sicherzugehen, aber ich weiß, dass ich das nicht tun muss. Meine Symptome sind nicht abzustreiten, und die Wahrheit starrt mir direkt ins Gesicht.

Ich bin schwanger.

Natürlich muss ich mich nicht fragen, wie es passiert ist. Ich weiß, dass ich nicht die Pille genommen habe. Aber ich weiß auch, wie regulär mein Zyklus ist, und ich war vorsichtig gewesen, Ausreden dafür zu finden, nicht mit Kane zu schlafen, wenn es die Tage waren, an denen ich davon ausging, dass ich meinen Eisprung hatte. Vielleicht hatte ich falsch kalkuliert. Vielleicht hätte ich die Pille nehmen oder ihn dazu bringen sollen, ein Kondom zu tragen. Vielleicht hätte ich über all das wesentlich früher nachdenken sollen als in dem

Moment, in dem ich auf der Toilette eines Gerichts sitze und einen positiven Test in Händen halte.

Ich greife meinen Rock und ziehe ihn hoch, den Reißverschluss auf der Rückseite schließend, bevor ich den Test in Toilettenpapier einwickle. Davor kann ich nicht wegrennen. Jetzt muss ich Kane die Wahrheit sagen. Ich kann nicht sein Kind austragen, während ich vorgebe, jemand zu sein, der ich nicht bin, und ich weiß nicht, wie er die Neuigkeiten aufnehmen wird. Wenn er jetzt wütend auf mich ist —natürlich hat er jedes Recht dazu—wird er mich nicht so abschreiben können, wie er es zuvor hätte tun können.

Ich weiß, dass er die Art Mann ist, der antreten und mir mit diesem Kind helfen wird, aber ich weiß nicht, wie er die Neuigkeiten aufnehmen wird. Mein Kopf dreht sich, aber ein quälendes Gefühl sagt mir, ich solle in den Gerichtssaal gehen.

Der Raum fühlt sich an, als würde er sich um mich drehen, als ich zur Tür gehe, und ich klammere mich an das Geländer im Flur, während ich mich auf den Weg mache. Ich bin eine der Letzten, die eintritt, auch wenn ich mir zugutehalte, dass ich nicht die Allerletzte bin.

Sofort bemerke ich eine Frau, die ich für Kanes Ex halte, und der Mann zu ihrer Linken muss der sein, für den sie Kane verlassen hat. Wenn ich richtig liege, kann ich nicht sehen, warum sie das je hätte tun sollen. Kane sieht wesentlich besser aus als der andere. Aber das geht mich nichts an. Ich habe jetzt andere Dinge im Kopf und muss mich konzentrieren.

„Schön, dass du kommen konntest", flüstert Kane mir ins Ohr, als ich mich hinsetze. Ich lächle und tätschle ihm die Hand.

„Ich habe dir gesagt, dass ich das tun würde. Ich fühle mich nur nicht gut, das ist alles", antworte ich. Ich kann nicht sagen, ob er davon genervt ist, dass ich fast zu spät gekommen bin, aber da ist auch ein Teil von mir, dem das egal ist. Er wird die großen Neuigkeiten früh genug erfahren, dann wird für ihn alles einen Sinn ergeben.

Bis dahin kann er einfach genervt sein.

Der Morgen zieht sich und zieht sich. Das einzige andere Mal, dass ich vor Gericht gewesen war, war in der Highschool, und das war in meiner Erinnerung verschwommen. Ich erinnere mich daran, wie schnell es zu gehen schien, aber damals war ich diejenige mit den Problemen. Hier bin ich nichts mehr als eine Zeugin und Unterstützerin für die involvierten Menschen.

Zwischen Kane und seiner Frau gibt es viel Gezanke, wenn sie dran sind, und ihre Anwälte geraten oft in heftige Auseinandersetzungen miteinander.

Während das Gezanke weitergeht, frage ich mich, ob es so sein würde, wenn sie mich je wegen Amandas Tod vor Gericht stellen würden. Ich frage mich, wie lange sie so etwas laufen lassen, bevor sie entschieden, dass es genug ist.

Endlich sind die Diskussionen vorbei, und der Richter hat beide Seiten angehört. Während des Morgens konnte ich anhand der wütenden Blicke, die Kanes Frau mir zuwarf, sehen, dass sie mich mehr als alles andere auf dem Planeten hasst, und ich konnte nicht herausfinden, warum. Sie ist diejenige, die Kane verlassen hat, nicht ich. Ich habe ihn ihr nicht weggenommen. Und wäre sie nicht gegangen, hätte Kane sich nie von ihr abgewandt.

Soweit es mich betrifft, hätte Kane mich überhaupt nie kennengelernt, wenn sie nicht so gehandelt hätte. Ihre Schuld, nicht meine.

„In Ordnung, wenn das alles ist, was beide Seiten zu sagen haben, habe ich meine Entscheidung getroffen", verkündet der Richter letztendlich. Sowohl Kane als auch seine Frau stimmen zu, dass es nichts mehr hinzuzufügen gibt, und der Richter greift seinen Hammer.

„Ich habe sorgfältig alle Informationen überdacht, die von beiden Seiten angebracht wurden, und ich habe bedacht, was Sie beide heute zu mir gesagt haben. Mit dem Wohlergehen des Kindes im Sinn ist es meine Entscheidung, Kane Stockwell, dem Vater, das alleinige Sorgerecht zu übergeben. Das Gericht ist entlassen." Er schlägt mit dem Hammer auf das Podest vor sich, und jeder schnellt auf die Füße.

„Wir haben es geschafft!", sagt Kane mit einem Lachen, während er seine Arme um mich legt. Ich kann Cheryl hinter uns schreien hören, aber ich kann nichts von dem verstehen, was sie sagt. Es ist mir auch egal. Ich wusste, dass sie mit dem Ergebnis nicht zufrieden sein würde, und ich möchte nicht hören, was sie dazu zu sagen hat.

Ich lache und lege ebenfalls meine Arme um Kane. Für diesen Moment zumindest sind wir beide glücklich. In diesem Moment denkt er, ich wäre Emily.

Er weiß nicht, dass ein weiteres Kind unterwegs ist, und er weiß nicht, dass ich nicht diejenige bin, die ich zu sein behaupte.

Ich weiß, dass ich es wesentlich früher zurechtbiegen muss als gedacht, und ich bete dafür, dass es gut laufen wird. Aber für den Moment werde ich Kane helfen, seinen Sieg zu feiern und in diesem Moment der Glückseligkeit sein.

Die Realität wird früh genug über uns hereinbrechen.

KAPITEL 16

„Hast du den Ausdruck auf ihrem Gesicht gesehen, als er sagte, ich bekomme das alleinige Sorgerecht? Ich dachte, sie würde direkt dort im Gerichtssaal ohnmächtig werden!", sage ich auf dem Weg nach Hause zum zehnten Mal. Mein Herz rast, und ich kann es nicht erwarten, Troy bei seiner Großmutter abzuholen. Ich kann ihm die guten Neuigkeiten nicht mitteilen, da ich ihm überhaupt nie gesagt habe, dass sich die Dinge ändern könnten.

Ich weiß, dass er viel zu jung ist, um in unsere Erwachsenenprobleme mit reingezogen zu werden, und das Letzte, was ich möchte, ist, noch mehr Stress oder Druck auf sein Leben auszuüben. Es ist schlimm genug, dass ihn seine Mutter vor einem Jahr verlassen hat und ich wegen der Arbeit so oft weg bin; ich würde sein Leben nicht noch weiter verkomplizieren, indem ich ihm sage, dass sich die Dinge vielleicht noch mehr verändern könnten.

Emily sitzt neben mir, die Hand auf dem Bauch und den Blick aus dem Fenster gerichtet. Sie lächelt mich an und nickt erneut, aber ihre Worte erscheinen gezwungen, als sie endlich spricht.

„Ich glaube nicht, dass sie mich sehr mag. Ich meine, vielleicht hat sie angenommen, ich bin mehr als nur Troys Kindermädchen, oder vielleicht ist sie eifersüchtig, dass ich ihn sehen kann und sie nicht. Ich weiß nicht." Sie schaut mich beim Sprechen an, aber dann richtet sie ihre Aufmerksamkeit wieder aus dem Fenster.

„Wenn es dir damit besser geht, Cheryl mag niemanden. Ich glaube nicht einmal, dass sie Blake besonders mag, aber verdammt, bin ich froh, dass er so vernünftig war, vor oder nach der ganzen Sache nichts bei mir zu versuchen", antworte ich. Der Gedanke an meinen Ex-Geschäftspartner sendet einen Schauer der Abscheu meinen Rücken hinunter, und ich drücke das Lenkrad ein wenig fester.

„War das der Kerl im schwarzen Anzug mit der blauen Krawatte?", fragt Emily und sieht mich mit hochgezogenen Augenbrauen an. Ich nicke, auch wenn ich keinen Augenkontakt mache.

„Ich kenne ihn seit der Schule. Wir sind zusammen aufgewachsen. Sind zusammen Männer geworden. Ich hätte nie gedacht, dass er mir so etwas antun könnte. Es macht mich so verdammt wütend, ich kann nicht einmal klar denken." Ich drücke das Lenkrad ein weiteres Mal fest, aber sie legt ihre Hand über meine.

„Du musst dich nicht damit aufhalten. Menschen tun einander beschissene Dinge an. Aber wenn es dir damit besser geht, ich weiß nicht, was sie in ihm sieht, was sie in dir nicht gesehen hat. Wenn du mich fragst, dann siehst du viel besser aus, und ich bin sicher, du bist auch um einiges intelligenter." Sie lächelt mich an, während sie spricht, und ich weiß, dass sie mir ein besseres Gefühl geben will, aber die Worte hängen immer noch in der Luft.

Ich möchte nicht, dass die Situation unangenehm wird, aber zur selben Zeit weiß ich nicht, was ich sagen soll. Tatsache ist, dass mich beide mit ihrem Treuebruch niedergeschlagen haben, und auch wenn ich nicht zu diesem Leben zurückkehren würde, hasse ich es jetzt, darüber nachzudenken.

Der Anblick dieses Mannes mit meiner Frau reicht aus, um es mir übel werden zu lassen, und ich möchte nichts mehr, als durch den Raum zu gehen und ihm ins Gesicht zu schlagen, wann immer ich ihn sehe. Heute wusste ich allerdings, dass mich das das Sorgerecht für meinen Sohn gekostet hätte, also habe ich mich zurückgehalten.

„Naja, ich denke, dass du viel mehr Frau bist als Cheryl es je war. Ich weiß, dass es nicht fair für dich ist, dich mit meiner Ex-Frau zu vergleichen, aber du warst wesentlich ehrlicher mit mir, als sie es je war. Ich glaube nicht, dass diese Frau auch nur einen aufrichtigen Knochen in ihrem Körper hat, und das meine ich ehrlich", antworte ich. Sie sieht mich mit einem müden Lächeln an, aber da scheint etwas zu sein, was sie zurückhält.

„Ich weiß nicht, es ist schwer, aus Frauen schlau zu werden. Und ich bin eine von ihnen", meint sie mit einem Schmunzeln. Ich lache, während ich das Auto parke.

„Möchtest du reinkommen? Normalerweise stelle ich meiner Mutter nicht die Kindermädchen meines Sohnes vor, aber auf der anderen Seite bist du für mich viel mehr als nur ein Kindermädchen", fahre ich fort. Ich wähle meine Worte sorgfältig. Ich weiß, dass ich nichts sagen möchte, was sie abschreckt, aber zur selben Zeit kann ich nicht verbergen, wie ich für sie fühle. Es wird immer schwieriger, und ich bin sicher, dass sie es weiß.

Sie schüttelt allerdings den Kopf und legt ein weiteres Mal ihre Hand auf den Bauch. „Heute Morgen ist viel vor sich gegangen, und ich glaube nicht, dass ich im besten Zustand bin, jemand Neues kennenzulernen, besonders deine Mutter."

„Sie ist sowieso recht anstrengend, also bin ich irgendwie erleichtert, dass du so denkst", erwidere ich mit einem Tätscheln ihrer Hand. Ich steige aus, daran denkend, wie vertraut wir uns sind. Mit Emily spreche ich freier, mehr als mit irgendjemand anderem in meinem Leben—es ist leicht zu vergessen, dass sie für mich arbeitet. Ich behandle sie wie einen Teil der Familie. Ich denke von ihr, als wäre sie ein Teil der Familie.

Heute war ein Erfolg für mich, aber noch mehr war es ein Erfolg für uns. Ich bin stolz, dass sie an meiner Seite war, als ich das Sorgerecht für meinen Sohn gewonnen habe, und ich hoffe, dass sie ebenfalls stolz ist, dabei gewesen zu sein.

Aber ich habe auch den Eindruck, dass sie sich nicht gut fühlt, und ich möchte sie so schnell wie möglich zurück nach Hause bringen. Ich weiß, dass es ein reiner Gefallen von ihr für mich war, dass

sie überhaupt mitgekommen ist, und ich möchte das nicht ausnut-
zen, indem ich sie länger draußen halte, als ich sollte. Ich halte den
Besuch bei meiner Mutter kurz, indem ich ihr sage, dass ich noch
einige Dinge im Büro zu erledigen habe und los sollte.

„Wenigstens weiß ich, dass es endgültig erledigt ist", sagt meine
Mutter mit einem Kuss auf meine Wange. „Ich habe schon lange
gedacht, dass du diese Frau aus deinem Leben schaffen solltest."

„Nun, sie ist jetzt endlich draußen. Ich rufe dich nachher an",
verspreche ich, während ich mit meinem Sohn aus der Tür gehe. Ich
möchte ihr nicht mitteilen, was Cheryl auf dem Weg aus dem Gericht
zu mir gesagt hat. Sie hat sich zu mir gebeugt und mit zugeflüstert,
sie würde zweifelsohne ihre Rache bekommen. So oder so würde sie
dafür sorgen, dass ich dafür bezahle.

Aber irgendwie war es mir egal.

Es ist mir egal, was sie mir antut, oder zumindest versucht, mir
anzutun. Es ist nicht mehr wichtig—ich habe Anwälte, die sich
darum kümmern können.

Alles, was wichtig ist, ist, dass ich meinen Sohn habe und dass ich
ihn behalten kann. Keine Sorgen mehr, dass ich ihn mit ihr teilen
muss oder sie ihn weiterhin enttäuscht und verletzt. Keine Sorgen
mehr, dass er Blake eines Tages *Dad* nennt.

Wir kommen zum Auto und Troy steigt hinten ein, mit rasanter
Geschwindigkeit auf Emily einredend. Sie lächelt über ihre
Schulter.

„Ich bin froh, dass du eine schöne Zeit hattest. Bist du jetzt bereit,
nach Hause zu kommen?", fragt sie.

„Ja, bin ich! Ich bin am Verhungern!", ruft er aufgeregt.

„Warum hast du nicht bei Oma gegessen?", hake ich nach.

„Das, was sie gemacht hat, mochte ich nicht", erwidert Troy. Ich
schüttle den Kopf. Er ist beim Essen nicht wählerisch, aber er weiß
was er mag und was nicht. Wenn er es nicht mag, weigert er sich, es
überhaupt zu probieren.

„Ich mache dir ein Sandwich, wenn wir nach Hause kommen",
wirft Emily ein. Sie sieht müde aus, krank sogar.

„Geht's dir gut?", frage ich, wobei ich sie mit einem Blick ansehe, der eindeutig meine Sorge zeigt. Ich verspüre keine Notwendigkeit, in ihrer Nähe etwas zu verbergen.

„Ja, ja, gut. Wie gesagt, ich denke, es ist einfach der Stress des Tages. Lass uns nach Hause fahren, und ich mache Troy etwas zu essen, dann kann ich es den Rest des Nachmittags ruhiger angehen lassen", gibt sie zurück, meine Sorge abweisend.

Ich sehe sie für einen weiteren Moment lang an, aber sie weigert sich, meinen Blick zu erwidern und dreht den Kopf wieder zum Fenster.

Ich seufze, als ich den Gang einlege und losfahre. Ich möchte mir keine Sorgen um sie machen, aber ich kann spüren, dass etwas nicht in Ordnung ist. Ich kann sie zu nichts zwingen, aber ich wünschte, sie würde mir sagen, wenn sie krank ist oder zum Arzt muss.

Entspann dich, Kane. Du bist nicht ihr Vater und auch nicht ihr Partner. Sie ist erwachsen, und wenn sie sagt, sie muss es einfach ruhiger angehen lassen, dann belass es dabei. Dräng sie zu nichts, was sie nicht tun will. Das steht dir nicht zu.

Ich entspanne mich, den Blick auf die Straße vor mir richtend. Heute war ein toller Tag, und ich bin begeistert durch meinen Sieg. Trotz ihrer Unterstützung heute muss ich daran denken, dass Emily zuvorderst Troys Kindermädchen ist.

Ob es mir gefällt oder nicht, am Ende des Tages ist das alles, was sie in dieser Familie ist.

Sie ist das Kindermädchen, nicht meine Freundin.

KAPITEL 17

I ch stehe auf und seufze, die Hände auf den Rücken legend. In meiner Freizeit habe ich mich durch die verschiedenen frühen Symptome der Schwangerschaft gelesen, und ich weiß nicht, ob ich sie wirklich empfinde oder alles nur in meinem Kopf ist. So oder so, die letzten paar Tage waren hart. Ich komme kaum durch den Tag, ohne auf einem Stuhl sitzend einschlafen zu wollen, und Troy hinterherzurennen war ein Albtraum.

Ich habe es geschafft, einen Arzttermin einzuschmuggeln, während Kane mit Troy zuhause war, wobei ich ihm gesagt habe, ich würde mir zur Abwechslung ein wenig Zeit für mich nehmen. Auch wenn ich in seinem Gesicht sehen konnte, dass er es für merkwürdig hielt, dass ich alleine raus wollte, fragte er nicht nach.

Die Ärztin bestätigte, was ich bereits wusste: Ich bin schwanger.

Sie hat mir ebenfalls gesagt, was ich zu erwarten habe, und was ich tun muss, um mich um mich selbst und mein Baby zu kümmern. Ich war in guter Stimmung zu wissen, dass ich, zumindest für eine Weile, weiterhin die Lüge leben konnte wie bisher. Zwei Wochen sind seit dem Gerichtstermin vergangen und Kane weiß immer noch nicht, dass ein weiteres Kind unterwegs ist.

Wir hatten ein paar weitere Male Sex. Nachts fühle ich mich

wesentlich besser als tagsüber, und ich schaffe es, bei ihm völlig natürlich zu sein. Ich denke nicht, dass er irgendetwas vermuten würde—zumindest nicht zu Anfang. Natürlich weiß ich, dass man irgendwann den Bauch sehen wird, und dann stecke ich wirklich in Schwierigkeiten.

„Kannst du mir Saft bringen?", ruft Troy aus dem Wohnzimmer. Ich seufze. Alles fühlt sich wie eine riesige Aufgabe an, aber ich kann ihm nicht nein sagen. Wenn es irgendjemanden gibt, der bemerken wird, dass ich mich anders verhalte, dann ist das Troy. Dieser Junge bemerkt alles, und er kennt mich besser als jeder andere auf diesem Planeten, und er hat keine Angst davor, seinem Vater zu sagen, was ihm durch den Kopf geht.

„Ich bin gleich da!", erwidere ich. Ich richte die letzten Kissen auf der Couch, dann gehe ich in Richtung Küche.

„Komm schon, Mercedes, du kannst das. Hol einfach den Saft und setz dich für eine Weile hin. Du bekommst schon noch neuen Aufschwung", flüstere ich vor mich hin, während ich den Saft aus dem Kühlschrank hole.

Es klingelt.

„Da ist jemand!", brüllt Troy.

„Ich gehe in einer Sekunde hin!", rufe ich zurück.

„Es sind Polizisten!", schreit er aus dem Wohnzimmer. Beinahe lasse ich den Becher mit Saft fallen, und mein Herz bleibt stehen.

Wie ist das möglich? Haben sie mich gefunden? Ich habe so in den Gedanken über meine Schwangerschaft festgehangen, dass ich eine Zeitlang keine Nachrichten angesehen habe. Vielleicht hat ihnen jemand etwas gesteckt, und sie sind gekommen, um mich fest-zunehmen.

„Nimm das und setz dich hin, ich werde mit ihnen reden", sage ich, als ich Troy seinen Becher reiche. Er gehorcht, aber ich kann sehen, dass er trotzdem neugierig ist. Natürlich würde er lieber um meine Beine herum spähen, wenn ich an der Tür stehe, aber das kann ich ihn nicht tun lassen.

Ich gehe zur Tür und nehme einen tiefen Atemzug, mich für die anstehende Konfrontation wappnend.

„Hallo, sind Sie Mrs. Stockwell?", fragt der Mann, mit seiner Marke in meinem Gesicht herumwedelnd.

„Nein, äh, ich ... ich bin Emily, das Kindermädchen", erwidere ich. Meine Stimme zittert. „Kann ich Ihnen helfen?"

„Ich bin Officer Brady, und das ist Officer Gang. Wir müssen unverzüglich mit Kane Stockwell sprechen", erklärt Officer Brady. Ich spüre, wie mir das Herz in die Hose rutscht. Vielleicht wissen sie, dass sie mich nicht mitnehmen können, wenn ein Kind im Haus ist. „Ist seine Frau da?"

„Sie sind geschieden", antworte ich. „Er wird nicht vor dem späten Abend zuhause sein, aber er kann morgen mit Ihnen reden. Er geht nicht vor elf Uhr morgens ins Büro, wenn Sie also zu dieser Zeit wiederkommen, wird er hier sein", sage ich. Ich sehe auf die Uhr und bemerke, dass es erst halb zehn ist.

Die Männer tauschen einen Blick aus und scheinen zu überlegen. Ich stelle mir vor, dass sie versuchen zu entscheiden, ob sie mich jetzt mitnehmen oder noch eine Nacht bei der Familie lassen sollen. Vielleicht müssen sie Kane sagen, dass sie mich festnehmen, oder vielleicht müssen sie ihn befragen, bevor sie mich in Handschellen legen können.

„Gibt es noch etwas, was ich für Sie tun kann?", dränge ich. Ich weiß nicht, was ich sonst noch sagen soll, und schenke ihnen ein nervöses Lächeln, als sie ihre Aufmerksamkeit wieder mir zuwenden.

„Nein, aber bitte übermitteln Sie ihm eine Nachricht. Ich würde gerne von ihm hören, bevor der Tag zu Ende geht, also bitte sorgen Sie dafür, dass er mich anruft, sobald er da ist und mir bestätigt, dass er am Morgen hier sein wird", bittet Officer Brady, während er sich zum Gehen wendet. „Einen schönen Tag noch."

„Ihnen auch", sage ich, auch wenn meine Stimme immer noch zittert. Ich schließe die Tür und halte mich an der Klinke fest, im Versuch, nicht zu Boden zu fallen.

Ich bin überzeugt, dass sie mich morgen mitnehmen werden, obwohl ich nicht sicher bin, warum sie es nicht einfach jetzt getan haben. Ich weiß, dass meine Zeit endlich um ist. Game Over. Es ist an der Zeit für mich, meine Sachen zu packen und weiterzuziehen.

Ich könnte Kane die Wahrheit sagen, aber dann würde ich riskieren, dass er versucht, mich hierzubehalten, bis sie am Morgen zurückkehren, und das kann ich nicht tun. Ich muss an mein Baby denken, und wenn sie mich ins Gefängnis stecken...

Das kann ich nicht zulassen. Ich kann mir mein Kind nicht wegnehmen lassen, nicht auf diese Weise.

„Troy, ich gehe für ein paar Minuten hoch in mein Zimmer. Ich möchte, dass du hier bleibst und fernsiehst. Ich bin bald wieder da, um mit dir zusammen zu gucken, okay?", verkünde ich, den Kopf ins Wohnzimmer steckend. Er sieht den Cops durchs Fenster zu, wie sie wegfahren.

„Okay", meint er.

Ich haste nach oben und nehme meinen Rucksack. So schnell ich kann, stopfe ich alles hinein, das Notwendigste greifend. Ich muss so viel nehmen, wie ich kann, aber gleichzeitig kann ich es auch nicht offensichtlich machen, dass ich packe. Kane wird nach Hause kommen, und ich weiß, dass er argwöhnisch wird, wenn er sieht, dass meine Sachen gepackt sind. Es wird schlimm genug sein, ihm zu sagen, dass zwei Cops nach ihm suchen; ich kann mir nicht vorstellen, was er denken würde, wenn er mich gehen sieht.

Als alles in der Tasche ist, mache ich den Reißverschluss zu und schiebe sie unter mein Bett, bevor ich auf die Knie falle. Meine Hände zittern so stark, dass ich mich kaum genug stabilisieren kann, um aufzustehen, aber ich sage mir, dass ich mich zusammenreißen muss. Ich kann nicht panisch werden. Ich muss jetzt tapfer sein.

Ich war tapfer genug, um schon einmal zuvor mein Zuhause zu verlassen, und ich kann es wieder tun.

Es wird mir das Herz brechen, diesen Ort zu verlassen. Troy zu verlassen, seinen Vater zu verlassen. Aber ich sehe keinen anderen Ausweg. Ich muss mich um mich und mein Kind kümmern, und das bedeutet, aus dem Gefängnis draußen zu bleiben.

Ich setze mich für ein paar Sekunden auf die Bettkante, nehme meine fünf Sinne zusammen und arbeite meinen Plan aus. Ich werde zurück nach unten gehen und mit Troy fernsehen, um meine Energie zu sparen. Wenn Kane nach Hause kommt, werde ich ihm die Nachricht geben, und wir können wie gewöhnlich unseren Abend verbringen. Ich werde mir irgendeine Ausrede einfallen lassen, warum ich keinen Sex haben möchte, und in meinem Zimmer schlafen gehen.

Natürlich werde ich ihm irgendeine Art von Nachricht hinterlassen müssen, um zu erklären, warum ich gegangen bin. Ich schulde ihm wenigstens diese Art von Abschluss. Es wird für ihn nicht einfacher werden als für mich, das weiß ich bereits. Ich wünschte, es gäbe einen anderen Weg, aber die Entschlossenheit in meiner Brust sagt mir, dass es jetzt oder nie ist.

Mein Plan wird einwandfrei funktionieren, und wie immer wird niemand etwas ahnen. Ich werde den Abend durchstehen, als wäre alles in Ordnung, den Schein wahren, wie ich es in den letzten paar Monaten getan habe.

Dann, ungefähr um Mitternacht, werde ich aufstehen, mir meine Tasche schnappen und mich auf den Weg machen.

KAPITEL 18

Ich schlage mit meiner Hand auf meinen Wecker, dann fahre ich mir mit der anderen Hand über die Augen. Ich wünschte, Emily wäre bei mir im Bett, aber sie hat mir wieder gesagt, dass es ihr nicht gutgeht und sie in ihrem eigenen Bett schlafen will. Ich weiß, dass etwas mit ihr los ist, ich kann es nur nicht genau festmachen.

Ich wünschte, ich wüsste, was es ist. Ich hasse es, zu denken, dass etwas mit ihr nicht in Ordnung ist und sie es mir nicht sagt. Es gibt keinen Grund für sie, irgendetwas vor mir zu verbergen. Ich habe sie gern, und das weiß sie. Also warum lügen?

Die Ereignisse des vorherigen Tages kommen zu mir zurück und ich erinnere mich daran, warum ich nicht aufstehen möchte. Ich muss mich heute mit diesen Cops treffen. Es wird keine große Sache sein. Zumindest sollte es das nicht. Ich weiß, dass es viele Fragen geben wird, und sie werden sich fragen, warum ich nicht früher Veränderungen getroffen habe, aber ich bezweifle, dass irgendetwas allzu Hässliches dabei herauskommen wird.

Das muss ich ihr lassen. Ich dachte, dass Cheryl es nur so sagte, als sie mir mitteilte, dass sie sich vehement gegen mich einsetzen würde. Ich dachte nicht, sie würde die Klage wirklich durchziehen.

Aber hier sind wir. Ich werde erneut Angriffsposition einnehmen, versuchen, die Geschichte für den Richter und die Geschworenen klarzustellen und zanken wie ein paar Kinder. Ich weiß, dass es nicht angenehm wird—jedes Mal, wenn Cheryl involviert ist, ist es unangenehm—aber ein weiteres Mal bin ich überzeugt, dass ich mich durchsetzen werde.

Immerhin, auch wenn es unter den Bereich des Werbebetrugs fällt, habe ich nichts ausdrücklich falsch gemacht. Ich mag vielleicht nicht all meine Klienten zu Millionären gemacht haben, aber zur selben Zeit habe ich auch niemanden ohne Geld zurückgelassen. Jeder weiß, dass das Investieren gewisse Risiken birgt, und selbst mit dem besten Algorithmus auf der Seite besteht immer noch die Chance, dass man keinen Lohn bekommt.

Ich weiß, dass es mehr als alles andere mit der Wirtschaft zu tun hat, und jeder, der meine Firma genutzt hat, wurde darauf aufmerksam gemacht, dass die Wirtschaft der größte Faktor darin sein wird, wie gut es für sie läuft. Ich kann nicht losziehen und Versprechen geben, die ich nicht halten kann, aber gleichzeitig müssen sie verstehen, dass ich keine Kontrolle darüber habe, wie sich die Geschäfte da draußen in der realen Welt schlagen.

Tatsächlich war das etwas, von dem Blake mir selbst gesagt hat, ich sollte es von Anfang an arrangieren. Etwas, das eine Art Puffer zwischen mich und die Öffentlichkeit stellen würde, für den Fall, dass sie versuchen wollten zu sagen, dass ich sie betrogen habe. Ich fand, es war eine gute Idee, und auch wenn ich es nie im vollen Ausmaß durchgezogen habe, wie ich es hätte tun können, habe ich das Gefühl, dass es genügend Schutzmaßnahmen gibt, damit es mir gutgehen wird.

Mein Wecker fängt ein weiteres Mal an, und ich realisiere, dass ich die Snooze-Taste gedrückt habe, anstatt ihn auszuschalten. Ich seufze, während ich erneut draufhaue, härter als beim letzten Mal. Ich hasse Tage wie heute; jeder Tag, an dem man mit den Cops zu tun hat, ist frustrierend, aber ich habe es öfter tun müssen als der Durchschnittsmensch, als Kopf einer so prominenten Firma. Ich möchte es hinter mich bringen, und ich möchte mit meiner Zeit weitermachen. Ich habe eine Firma zu führen, und ich kann den Tag nicht auf der Dienststelle mit den Cops verschwenden.

Ich schleppe mich aus dem Bett und gehe ins Badezimmer, wo ich meinen Rasierer greife und mir über den Hals fahre. Ich mache mir nicht einmal die Mühe, ihn zuerst nass zu machen. Ich möchte es nur hinter mich bringen, damit ich meinen Tag anfangen und daran denken kann, heute Abend wieder nach Hause zu kommen. Ich bin sicher, dass die zu zahlenden Geldstrafen schmerzhaft sein werden, aber sie werden mich nicht bankrott machen.

Ich habe mehr Geld, als dass ich weiß, was ich damit anfangen soll, und selbst wenn die Geldstrafen in die Millionen gehen, ist das für mich in Ordnung. Mein Anwalt wird einfach den Sheriff überzeugen, dass ich daran arbeite, den Slogan für die Firma zu ändern— noch besser, wenn er es schafft, den Kerl davon zu überzeugen, dass ich schon seit längerer Zeit daran arbeite.

Das Aftershave brennt, aber ich zucke nur ein bisschen zusammen, während ich mein Gesicht trockentupfe, dann ziehe ich mich an. Ich bin sicher, dass Emily unten bereits Frühstück macht, und ich werde mir auf dem Weg nach draußen schnell etwas mitnehmen. Ich hoffe, dass es ihr heute bessergeht. Auch wenn ich mich nicht auf diese Cops freue, mache ich mir mehr Sorgen um sie.

Wenn ich zurückkomme, schlage ich vielleicht vor, dass sie zum Arzt geht. Sie ist jung, also sollte sie nicht die ganze Zeit so müde sein, besonders nicht aus heiterem Himmel. Als sie anfangs angefangen hat für mich zu arbeiten, hatte sie mehr Energie, als ich verbrennen könnte. Das Haus war jeden Abend makellos, wenn ich von der Arbeit zurückkahm, und Troy war nicht nur glücklich, sondern auch müde.

Sie schaffte es, alles besser am Laufen zu halten, als ich es je gesehen hatte, dann veränderte sich etwas.

„Daddy?" Troys Stimme schleicht in mein Zimmer, und Verwirrung überkommt mich. Er kommt nie so früh in mein Zimmer.

„Was ist los, Kumpel?", frage ich.

„Ich kann Miss Emily nicht finden", sagt er. Seine Stimme klingt müde, und ich frage mich, ob er immer noch halb schläft.

„Vielleicht ist sie noch in ihrem Zimmer?", schlage ich vor. Er läuft ins Badezimmer und schüttelt den Kopf.

„Da habe ich nachgesehen. Sie ist nicht dort oder im Bad oder unten. Ich weiß nicht, wo sie ist", antwortet er, wobei er sich auf die Kante des Spültisches setzt. Mein Magen verknotet sich vor Sorge, und ich trete aus dem Badezimmer.

„Vielleicht ist sie vor dem Frühstück schnell noch etwas einkaufen gegangen. Keine Sorge, wir werden sie finden, Kumpel", sage ich über die Schulter hinweg, während ich in mein Schlafzimmer gehe. Ich ziehe den Rest meiner Klamotten an und laufe in den Flur.

Ich versuche, mich davon zu überzeugen, dass sie weg sein muss, um Einkäufe zu erledigen, aber ich weiß, dass das zu dieser Stunde unwahrscheinlich ist. Es ist zu früh, als dass die meisten Läden in der Nähe offen hätten, und ich bezweifle, dass sie weit gegangen wäre. Sie beharrt immer darauf, überall hinzulaufen. Aber auf der anderen Seite, wo könnte sie sein?

„Emily! Emily!", rufe ich ein paar Mal. Ich bin darauf bedacht, nicht aufgebracht zu werden. Das Letzte, was ich will, ist Troy Angst zu machen. Er folgt mir langsam von Zimmer zu Zimmer, aber ich kann in seinen Augen sehen, dass er beunruhigt ist. Er weiß nicht mehr als ich, was vor sich geht, aber für ihn ist es so, dass er nicht fähig ist, die Frau zu finden, die in den letzten paar Monaten praktisch seine Mutter geworden ist.

Ich muss sie finden.

Ich gehe nach unten, Treppenstufen überspringend. Die Küche ist kalt. Es gibt kein Anzeichen dafür, dass sie hier war, bis ich den Zettel auf der Anrichte entdecke. Mit mir in die Hose rutschendem Herz gehe ich herüber und nehme ihn auf, die gekritzelten Zeilen überfliegend.

KANE,

. . .

Vielen Dank für die Möglichkeit, die du mir gegeben hast, aber ich muss beichten, dass ich nicht die bin, für die du mich hältst. Mein Name ist nicht Emily, er lautet Mercedes Gravage. Ich musste dir einen falschen Namen nennen, da ich auf der Flucht vor der Polizei war.

Wenn du die Nachrichten gesehen hast, diese Collegestudentin, die in San Diego eine Überdosis genommen hat, war eine Freundin von mir. Ich glaube, dass ich für etwas in Bezug mit ihrem Tod beschuldigt werde, vielleicht sogar Mord, und dem kann ich nicht ins Auge sehen.

Die Polizisten, die heute zum Haus gekommen sind—ich weiß nicht, wie sie mich gefunden haben, aber irgendwie müssen sie es getan haben. Ich kann nicht ins Gefängnis gehen. Ich kann die Gerichtsverhandlung nicht ertragen. Ich weiß, dass das kein Weg zu leben ist, aber ich habe keine andere Wahl. Ich muss bei all dem an mich denken, und jetzt ist die Zeit gekommen, dass ich dir die absolute Wahrheit sage: Ich muss jetzt auch noch an jemand anderes denken.

Es bin nicht mehr nur ich, Kane.

Ich habe es vor ein paar Wochen herausgefunden, und es tut mir leid, dass ich es dir nicht gesagt habe, aber ich habe einfach keinen Weg gefunden. Ich bin wieder unterwegs, und du hast mich vom Leib, aber du sollst wissen, dass ich mich immer an dich erinnern werde und an all das, was du für mich getan hast.

Mit besten Grüßen

Mercedes Gravage

Mein Kopf dreht sich, während ich den Zettel weglege. Ich brauche Zeit, um das zu verarbeiten, aber ich kann nicht gerade denken. Ich kann nicht glauben, dass sie einfach gegangen ist, aber zur selben Zeit kann ich nicht einmal verarbeiten, was sie in der Nachricht geschrieben hat. Wie konnte sie darüber gelogen haben, wer sie ist. Wie konnte sie schwanger sein und es mir nicht sagen? Und was war das mit der Sache, dass sie des Mordes beschuldigt würde? Das Letzte, was ich über den Fall gehört hatte, war, dass er vor Wochen gelöst worden war, als versehentliche Überdosis gesehen wurde. Ich weiß nicht, was sie denkt, aber ich fange an zu verstehen, dass die Cops, die hergekommen waren, sie abgeschreckt haben mussten.

Sie ist vor nichts auf der Flucht, und jetzt hat sie auch noch ein Baby, um das sie sich Sorgen machen muss.

Ich kann sie nicht einfach da draußen lassen, wo sie sich alleine durchschlagen muss. Ich muss sie finden. Ich muss sie nach Hause holen, und ich muss ihr sagen, wie ich wirklich für sie fühle.

Es gibt keine andere Wahl. Ich muss es einfach tun.

KAPITEL 19

Ich setze mich mit einem Seufzen auf den Sitz im Bus, schließe die Augen und lehne den Kopf ans Fenster. Ich weiß, dass es nicht einmal neun Uhr morgens ist, aber ich bin bereits erschöpft. Dieses Baby nimmt mir wirklich jegliche Energie, und ich weiß nicht, wie ich es leichter machen soll.

Mittlerweile muss Kane wach sein und bemerkt haben, dass ich nicht da bin. Ich weiß, dass Troy früh aufgestanden sein muss, um mich zu finden, und ich fühle mich grauenvoll zu wissen, dass er ein leeres Zimmer vorgefunden hat. Ich wünschte, es gäbe einen Weg, dass ich mich von ihm hätte verabschieden können, ohne dass er mich fragt, wo ich hingehe oder er seinem Vater zu früh sagt, dass ich gehe.

Ich frage mich, wie Kanes Reaktion sein wird. Ich bin sicher, er ist neugierig, warum die Cops mit ihm reden wollten, aber wenn er meine Nachricht zuerst liest, dann wird er es wissen, bevor er überhaupt zur Dienststelle kommt. Vielleicht habe ich eventuelle Schuldgefühle darüber abgemildert, die er dafür empfindet, mich anzuzeigen, wenn er dem Fall gefolgt ist oder etwas darüber weiß.

Was denke ich überhaupt? Ich weiß, dass er mich nicht anzeigen würde, selbst wenn es bedeutete, der Welt einen Gefallen zu tun.

Zumindest sage ich mir das. Ich habe keine Ahnung, wie er es aufnehmen wird, wenn er herausfindet, dass ich nicht Emily bin. Ich nehme an, ich werde es nie wissen, aber ich muss zugeben, dass ich froh bin, es ihm nicht persönlich sagen zu müssen.

„Sitzt hier jemand, Miss?" Ein älterer Herr zeigt auf den Sitz neben mir, mich aus meinen Gedanken zurück in die Gegenwart holend. Ich schüttle den Kopf und lächle, bevor ich meine Aufmerksamkeit schnell wieder auf das Fenster richte.

„Tun Sie sich keinen Zwang an", murmle ich, während er sich neben mich setzt.

„Wo fahren Sie hin?", fragt er.

„Überall außer hier", erwidere ich kurz angebunden. Ich möchte keine Unterhaltung mit ihm anfangen. Je weniger er über mich weiß, desto besser.

„Ach komm, das können Sie nicht so meinen. Warum würde jemand so Hübsches wie Sie so dringend von hier wegwollen? Das ist die Stadt, in der Träume wahr werden!", antwortet er mit einer Geste seines Arms. Ich werfe ihm einen Blick zu.

„Wissen Sie, die Dinge laufen nicht immer so für alle. Ich bin sicher, dass es für manche ein toller Ort ist, aber für mich war es nichts als Folter", fauche ich. Er sieht mich auf eine Art an, die mir sagt, dass er nicht weiß, wie er reagieren soll, dann richtet er seine Aufmerksamkeit auf die Lehne des Sitzes vor uns.

Schuld überkommt mich, und obwohl ich versuche, mich davon abzuhalten, noch etwas zu sagen, kann ich nicht anders.

„Es tut mir leid, dass ich Sie angefahren habe. Es war nur eine lange Woche. Ich habe eben meinen Job verloren, und ich bin nicht sicher, was ich jetzt tun soll. Ich muss so schnell wie möglich eine Unterkunft und einen anderen Job finden, und ich weiß nicht, wie ich das mit all dem Stress fertigbringen soll, der mich niederdrückt, wissen Sie?", sage ich leise.

Er dreht sich wieder zu mir um, diesmal mit mehr Mitgefühl in den Augen. „Es tut mir leid, das zu hören. Na ja, Sie sehen jung aus, und das bedeutet, dass Sie Zeit haben, um von all dem wieder auf die Beine zu kommen, wo Sie hineingeraten sind. Keine Sorge, alles wird gut", meint er. Er tätschelt meine Hand und ich werfe ihm einen wesentlich wärmeren Blick zu als zuvor.

„Sie haben recht. Es ist im Moment einfach nur alles viel für mich", gebe ich zu. Wir sitzen still da, als der Bus an der Haltestelle losfährt, aber nach ein paar Sekunden räuspert er sich.

„Wissen Sie, ich habe vielleicht etwas für Sie. Hier, nehmen Sie das." Er gräbt in seiner Manteltasche, dann holt er eine Karte hervor und reicht sie mir. „Ich kenne zufällig jemanden, der nach Kellnerinnen sucht. Wenn Sie ihm sagen, dass ich Sie geschickt habe, werden Sie den Job bekommen."

„Eine Kellnerin?", frage ich, während ich die Karte nehme. Ich denke mir nichts dabei, aber er erklärt schnell.

„Ich weiß, es ist nicht der glamouröseste Job der Welt, aber ich denke nicht, dass Sie sich jetzt Sorgen um Glanz machen müssen. Es klingt so, als wären Sie mit jedem Job gut dran, den sie bekommen." Er sieht mich erwartungsvoll an, und ich nicke schnell.

„Natürlich, so habe ich es nicht gemeint. Ich habe nur nie zuvor an so einen Job gedacht. Sehen Sie, ich war auf dem College, und als ich das geschmissen habe, dachte ich irgendwie, ich wäre zu der Art Jobs verurteilt, die meine Mutter nicht wirklich stolz machen würden, wenn Sie wissen, was ich meine." Ich werfe ihm einen weiteren Blick zu, ein weiteres Mal versuchend, ihn so weit wie möglich von der Wahrheit darüber fernzuhalten, wer ich wirklich bin.

Er sieht mich mitleidig an, dann berührt er erneut meine Hand. Ich bekomme den Eindruck, dass sich der Mann wirklich um mich sorgt, trotz der Tatsache, dass wir uns erst kennengelernt haben, und ich bin nicht sicher, wie ich reagieren soll. Ich kann ihm unmöglich genug für das danken, was er mir soeben gegeben hat, aber er scheint einfach nur nett zu sein.

„Meine Liebe, Sie sind viel zu schön, um sich in so einem Leben zu verstricken. Ich möchte, dass Sie diese Karte nehmen und direkt zu der oben aufgedruckten Adresse gehen. Tun Sie es, sobald wir an der Haltestelle ankommen, und Sie werden feststellen, dass Sie am Ende des Tages einen Job haben. Und, außerdem", er greift erneut in seine Manteltasche, „möchte ich, dass Sie das hier nehmen und sich für ein paar Tage ein Hotel nehmen."

„Oh nein, das kann ich nicht annehmen", erwidere ich. Ich möchte sein Geld nicht nehmen. Ich möchte sein Geld nicht nehmen. Ich habe nur einen Teil von dem genommen, was mir für meine Arbeit für Kane bezahlt wurde, und ich weiß, dass es nicht reichen wird, aber ich würde mich trotzdem schrecklich fühlen, das Geld dieses Mannes anzunehmen.

„Ich bestehe darauf. Ich werde nicht eine junge Frau in einem Bus treffen und so eine Geschichte hören, nur um sie ohne jegliche Hilfe zurückzulassen. Hier, wenn Sie denken, dass Sie niemanden da draußen haben, denken Sie nur daran, dass sich jemand um Sie sorgt." Er reicht mir etwas Geld, und meine Augen füllen sich mit Tränen.

„Sie haben keine Ahnung, wie viel mir das bedeutet", sage ich sanft.

„Nichts zu danken. Ich bin froh, dass ich Ihnen helfen konnte", erwidert er mit einem Lächeln. „Sorgen Sie nur dafür, dass es sich lohnt."

„Werde ich, versprochen", versichere ich. Er lächelt warm, und unsere Unterhaltung ist beendet, aber ich sitze mit schwindeligem Kopf da. Ich kann die Nettigkeit dieses Fremden nicht fassen, und obwohl ich mich schlecht fühle, sein Geld genommen zu haben, gibt es mir Motivation, weiterzumachen.

Irgendwie ist der Schmerz, den ich durch den Verlust von Kane fühle, etwas weniger intensiv, und ich weiß, dass ich es schaffen werde. Ich werde es vielleicht nicht gut schaffen, und ich werde mich durch diesen Herzschmerz kämpfen müssen, aber ich werde es irgendwie hinkriegen.

Ich hasse es, dass ich sie hinter mir lassen musste, und ich hasse es, dass ich mich überhaupt in Kane verliebt habe. Ich hasse es, dass ich mich in seinen Sohn verliebt habe und dass die ganze Sache mein Fehler ist. Aber mit dem Geld, das ich jetzt in der Tasche habe, und der Versicherung, dass ich einen Job finden werde, kann ich nicht anders, als Hoffnung zu empfinden, und ich weiß, dass alles gut wird.

Ich wende meine Aufmerksamkeit wieder dem Fenster zu, lege eine Hand auf meinen Bauch und denke an das Baby. Ich weiß nicht, was die Zukunft für mich und mein ungeborenes Kind bereithält, aber ich weiß, dass ich dieses Leben mit ganzer Kraft beschützen werde. Ich werde meinem Kind kein Unheil zustoßen lassen, selbst wenn ich wieder und wieder umziehen muss.

Es wird nicht einfach, aber auf der anderen Seite erwarte ich das auch nicht. So lange ich vernünftig bin, weiß ich, dass ich mit allem umgehen kann, was mir entgegenkommt.

20
———

KAPITEL 20

D rei Wochen später

ICH SEHE IN DEN RÜCKSPIEGEL, während ich die Geschwindigkeitsbegrenzung ausreize. Vor zwanzig Minuten habe ich den Anruf bekommen, dass sie Emily gefunden haben—also, Mercedes. Mercedes, sie so zu nennen, daran würde ich mich erst gewöhnen müssen, war in der nächsten Stadt in die Polizeidienststelle gebracht worden—überraschend nah an Chicago, wie ich finde.

Sobald ich ihre Nachricht gefunden hatte, hatte ich die ganze Polizei losgeschickt, um nach Mercedes zu suchen, aber ich muss zugeben, dass ich wenig Hoffnung hatte, sie je wiederzusehen. Ich hatte keine Ahnung, dass sie so nah bleiben würde, und ich hatte überhaupt nicht daran gedacht, mit dem Ortsbereich anzufangen. Ich hatte angenommen, dass sie so schnell und weit weg wie möglich gehen würde, und obwohl sie nicht einmal das ganze Geld genommen hatte, das ich ihr schuldete, hatte ich das Gefühl gehabt, dass sie irgendeinen Weg finden würde, um hier wegzukommen.

Ein Teil von mir hatte sich gefragt, ob sie an die kanadische Grenze gehen und versuchen würde, das Land zu verlassen. Wenn sie mein Kind austrägt und denkt, sie wird des Mordes angeklagt, würde ich ihr zutrauen, dass sie alles Mögliche tat, um sich wieder sicher zu fühlen.

Während es einen Teil von mir gibt, den es ärgert, dass sie mir nicht früher von all dem erzählt hat, kann ich nicht sagen, dass ich es ihr übelnehme. Sie ist so jung, und angesichts dessen, was ich über ihre Vergangenheit herausfinden konnte, kann ich verstehen, warum sie das Schlimmste vermuten würde. Natürlich würde sie wissen, dass ich die besten Anwälte des Landes habe, aber das bedeutet nicht, dass sie sich damit wohlfühlen würde, damit zu mir zu kommen.

So oder so, ich muss mit ihr reden. Troy habe ich bei meiner Mutter gelassen, und ich bin auf dem Weg in die nächste Stadt, begierig darauf, so schnell wie möglich zur Polizeistation zu kommen. Ich hege keinerlei Zweifel, dass sie zu Tode erschrocken ist, und ich bin entschlossen, sie schleunigst zu beruhigen.

Ich muss einfach zu ihr kommen.

Seit wann ist diese Fahrt so lang?

ICH GEHE mit großen Schritten durch die Türen der Polizeistation.

„Ich bin hier wegen meiner Freundin", sage ich zu der Frau hinter dem Schalter. Sie sieht mich für eine Sekunde an, dann tippt sie schnell etwas in ihren Computer und spricht in das Funkgerät, das an ihrem Shirt festgemacht ist.

„Hier entlang", meint sie, während sie aufsteht. Ich folge ihr durch einen schmalen Flur und einen weiteren entlang, bevor sie vor einer Tür anhält. Sie drückt auf einen Summer, und innerhalb von Sekunden drücke ich mich durch. Mercedes sitzt auf einem Stuhl, einen Becher Kaffee vor sich. Sie kann sich frei im Raum bewegen und ist die Einzige dort, aber ich kann sehen, dass sie Angst hat, als die Tür aufgeht.

„Kane!", ruft sie und rennt zu mir. Sie schlingt ihre Arme um meinen Hals, und ich hebe sie hoch, fest an mich gepresst.

„Warum hast du es mir nicht gesagt?", hauche ich an ihren Hals.

„Ich konnte nicht. Ich hatte zu viel Angst davor, was du sagen würdest. Ich habe anfangs nicht geplant, lange bei dir zu bleiben, aber dann habe ich mich in Troy verliebt—und in dich." Sie fügt den zweiten Teil nach einem kurzen Zögern hinzu, und ich setze sie ab.

„Emily ... Mercedes ... Du kannst mit allem zu mir kommen. Ich habe dich überall gesucht, und ich kann dir versichern, dass nichts Schlimmes passieren wird. Sie werden dich wegen nichts in Verbindung mit diesem Fall anklagen. Er wurde schon vor Wochen geschlossen. Und selbst wenn es so wäre, weiß ich, dass du nichts getan hast, und ich würde dir nie von jemandem auch nur ein Haar krümmen lassen." Ich lege eine Hand auf ihre Wange, und sie legt ihre darüber.

„Aber dann, als ich rausgefunden habe, dass ich schwanger bin, wusste ich nicht, wie ich dir die Wahrheit sagen soll. Ich habe mich in dem Netz aus Lügen gefangen gefühlt, und je länger es ging, desto schwerer wurde es, es dir zu sagen. Ich wollte dir so oft die Wahrheit sagen, aber es gab nichts, was ich tun konnte. Ich hatte nicht das Gefühl, dass ich irgendetwas sagen konnte, ohne dass etwas Schreckliches passiert", schluchzt sie. Ich lege meine Arme um sie und halte sie fest.

„Ich weiß, und ich bin nicht wütend auf dich. Ich kann verstehen, warum du getan hast, was du getan hast, und ich werde nicht zulassen, dass dir jemand Schaden zufügt. Diesem Baby wird es gut gehen. Ich werde mich um euch beide kümmern—ich liebe dich, Mercedes", spreche ich in ihre Haare, während sie mich hält, und sie sieht zu mir auf, das Gesicht voller Tränen, die ihr die Wangen herunterlaufen.

„Meinst du das ernst?", schluchzt sie.

„Natürlich tue ich das. Ich weiß nicht, was du mit mir oder Troy gemacht hast, aber als du in unser Leben gekommen bist, haben sich die Dinge geändert. Du hast diesen Jungen glücklicher gemacht, als ich ihn seit Monaten gesehen habe, und er ist niedergeschlagen, seit du weg bist. Ich wusste, dass ich dich finden musste, wenn nicht für mich, dann wenigstens für ihn." Ich halte sie auf Armeslänge Abstand und sehe ihr in die Augen.

„Aber dann ist noch etwas anderes passiert. Je länger du weg warst, desto mehr habe ich realisiert, dass ich ohne dich nicht leben kann. Ich weiß, dass wir einander nur kurze Zeit kennen, aber das waren die glücklichsten Wochen meines Lebens, und ich weiß zweifellos, dass du die Eine für mich bist." Ich lächle, und sie nimmt einen tiefen Atemzug. Ich kann sehen, dass hunderte Gedanken durch ihren Kopf schießen und sie versucht, die richtigen Worte zu bilden.

„Was tun wir jetzt?", fragt sie letztendlich.

„Ich werde dich nach Hause bringen. Das heißt, wenn du mich lässt. Hör zu, Mercedes, ich möchte ein Leben mit dir haben. Ich möchte nicht, dass du das Gefühl hast, je wieder vor irgendetwas wegrennen zu müssen. Ich möchte, dass du weißt, dass egal was passiert, ich an deiner Seite sein werde. Ich möchte dieses Baby mit dir großziehen. Ich liebe dich mehr als das Leben selbst", antworte ich schnell.

„Ich liebe dich auch, Kane", sagt sie, und die Worte kommen mit langsamer Behutsamkeit aus ihrem Mund.

Bevor sie die Chance hat, noch etwas zu sagen, ziehe ich sie an mich und presse meine Lippen auf ihre. Ich schmecke ihre salzigen Tränen, aber es ist mir egal. Das ist die Liebe meines Lebens, und ich werde sie beschützen, egal was passiert. Ich werde diese Frau heiraten, und wir werden die Familie sein, die wir beide immer wollten.

Unser Kuss vertieft sich, und ich lege die Arme so eng wie möglich um sie. Ich kann nicht genug von ihr bekommen, aber ich muss ihre Antwort kennen.

„Komm mit mir nach Hause, Baby. Komm nach Hause zu mir und Troy. Wir sind eine Familie, und ich kann es nicht erwarten, dass unsere Familie größer wird. Wirst du uns diese Chance geben?", frage ich, als ich mich löse.

Sie steht für einen Moment still da, dann sieht sie mit einem tränenreichen Lächeln zu mir auf.

„Lass uns nach Hause gehen", meint sie.

Ich presse meine Lippen ein weiteres Mal auf ihre, und wir teilen einen leidenschaftlichen Kuss. Ich bringe sie nach Hause. Die Liebe meines Lebens, die Mutter meines zweiten Kindes und die Eine, nach der ich gesucht habe.

Ich mache diese Frau zu meiner Ehefrau.

ENDE.

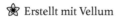 Erstellt mit Vellum

CPSIA information can be obtained
at www.ICGtesting.com
Printed in the USA
BVHW041050080321
601999BV00006B/275

9 781648 089251